Der Henker von Brescia

Hugo Ball

Impressum

Autor: Hugo Ball
Umschlagkonzept: toepferschumann, Berlin

Verlag: tredition GmbH, Hamburg
ISBN: 978-3-8424-8830-4
Printed in Germany

Tucholsky Wagner Zola Scott Sydow Freud Schlegel
Turgenev Wallace Fonatne
Twain Walther von der Vogelweide Fouqué Friedrich II. von Preußen
Weber Freiligrath Frey
Fechner Fichte Weiße Rose von Fallersleben Kant Ernst Richthofen Frommel
Hölderlin
Fehrs Engels Fielding Eichendorff Tacitus Dumas
Faber Flaubert
Eliasberg Ebner Eschenbach
Feuerbach Maximilian I. von Habsburg Fock Eliot Zweig
Ewald Vergil
Goethe Elisabeth von Österreich London
Mendelssohn Balzac Shakespeare Dostojewski Ganghofer
Lichtenberg Rathenau Doyle Gjellerup
Trackl Stevenson Hambruch
Mommsen Tolstoi Lenz Droste-Hülshoff
Thoma Hanrieder
Dach von Arnim Hägele Hauff Humboldt
Verne
Karrillon Reuter Rousseau Hagen Hauptmann Gautier
Garschin
Damaschke Defoe Hebbel Baudelaire
Descartes
Hegel Kussmaul Herder
Wolfram von Eschenbach Schopenhauer
Bronner Darwin Dickens Grimm Jerome Rilke George
Melville Bebel Proust
Campe Horváth Aristoteles
Bismarck Vigny Barlach Voltaire Federer Herodot
Gengenbach Heine
Storm Casanova Tersteegen Gilm Grillparzer Georgy
Chamberlain Lessing Langbein Gryphius
Brentano Lafontaine
Strachwitz Claudius Schiller Kralik Iffland Sokrates
Katharina II. von Rußland Bellamy Schilling
Gerstäcker Raabe Gibbon Tschechow
Löns Hesse Hoffmann Gogol Wilde Gleim Vulpius
Luther Heym Hofmannsthal Klee Hölty Morgenstern
Roth Heyse Klopstock Kleist Goedicke
Luxemburg Puschkin Homer Mörike
La Roche Horaz Musil
Machiavelli Kierkegaard Kraft Kraus
Navarra Aurel Musset
Nestroy Marie de France Lamprecht Kind Kirchhoff Hugo Moltke
Laotse Ipsen Liebknecht
Nietzsche Nansen
Marx Lassalle Gorki Klett Ringelnatz
von Ossietzky Leibniz
May vom Stein Lawrence Irving
Petalozzi
Platon Knigge
Sachs Poe Pückler Michelangelo Kock Kafka
Liebermann Korolenko
de Sade Praetorius Mistral Zetkin

Text der Originalausgabe

Hugo Ball

Der Henker von Brescia

Drei Akte der Not und Ekstase

Personen:

Barbiano Stadthauptmann von Brescia

Der Henker Stadtprofoß und Wirt des Frauenhauses von
Brescia

Ferruccio Henkersbube

Roswitha von Hochhaim Verlobte des Grafen von Polhaim und Hof-
dame der Königin

Barbara Dirne

Judith, Adelheid Frauen der Königin

Margarete von Burgund Gemahlin des deutschen Königs Heinrich
VII.

Ritter Herbolo Graf von Polhaim

Dirnen

Zwei Buben

Gesellen und Knechte
Barbianos

Eine Anzahl Ritter

Erster Akt

Das Frauenhaus der Stadt Brescia. Niedrige frühgotische Gewölbehalle. Von dem Hauptraum laufen die einzelnen Dirnengemächer aus. Rechts, ziemlich im Vordergrund, die Stube des Henkers voller Gerät und Folterwerkzeug. Aber auch Vogelkäfig und Blumenstöcke. Vor der Stube eine Bank. Eine mächtige Schweinslederbibel darauf. Daneben Tisch und Stühle. In der Mitte eine Säule. Rot und grün sind die herrschenden Farben in Dekoration und Kostüm.

1. Szene

Barbiano(*am Tisch, auf dem ein Haufe Geld aufgezählt ist*) Nun, Henker, wie steht's? Das ist alles, was du eingenommen hast?

Henker Fünftausend Goldfloränen; Silber, Kupfer und Nickel. Einige waren auch da, die sie nur sehen wollten. Die ließen auch ein paar Denare.

Barbiano Pfui Teufel! Also fünfe! Und das waren?

Henker Da war Ihro Eminenz der Bischof Nikolaus von Brothonto. Samt bischöflicher Hofhaltung. Der ließ tausend Floränen.

Barbiano So ein Schuft! Als ob er nicht die Verordnung wüßte! Den Pfaffen, Juden und den Ehemännern ist es untersagt, sich an den offenen Weibern auszulassen. Hat er sich eingeschrieben?

Henker Es ist schwer, einen so hohen Herrn zu inkommodieren. Aber: er hat sich eingeschrieben.

Barbiano Er hat mir zwei isländische Falken geschenkt. Ich sag dir, mein Freund, zwei Falken – sie fressen mich arm! Lohn's ihm der Heilige Vater und fahr ihm ein Blitz in den Wanst, wenn er wiederkommt!

Henker Da war ferner der Safranhändler und Pfefferverkäufer, der am Palazzo Tibaldi drüben seine Niederlage hat. Ambrosius heißt er. Der ließ fünfhundert Floränen.

Barbiano Hat er was spendiert?

Henker Er hat den Fräulein blaue Schnüre geschenkt beim Abzug und dem Buben einen färbigen Vogel versprochen aus Indien.

Barbiano Eia, das läßt sich hören! Hoffentlich kommt er noch öfters. Wer war sonst noch da?

Henker Da war noch ein Anfänger aus dem Geschlecht der Brussati. Galeazzo mit Namen. Einer von denen, die Verse machen auf ihrer Mutter Geburtswehen. Einiges hat er auch vorgelesen. Aber die Verse sind hart und gewissermaßen zähflüssig. Es war ein großes Gelächter.

Barbiano Wie lang war er drinnen bei ihr?

Henker Zwei Stunden, wenn's hochkommt.

Barbiano Sieh mal an! Wenn er wieder kommt, grüß ihn! So so, Galeazzo! Und sag ihm: er soll sich mal wieder sehen lassen bei mir!

Henker Sodann zwei Herren, die ich nicht näher gekannt hab. Ich gab ihnen das Buch zum Einschreiben, aber sie sträubten sich.

Barbiano Verdächtig?

Henker Nein.

Barbiano Sonst was Besonderes?

Henker Der eine sah ans wie ein Schwein, sozusagen. Er hatte einen Rüssel und fing mit jedermann Händel an. Er rülpste nach allen Seiten und schraubte mir die Finger ein, als ich ihm meine Kammer zeigte. Er war ein Spaßvogel.

Barbiano Du bist ein Gemütsmensch. Wird er wiederkommen?

Henker Ich hab ihn vor Dero Eminenz seinen hochwohlgeborenen Bauch getreten und habe ihn auf die Treppe gesetzt. Da verwünschte er sein Dasein und das Eure und das Unserer Lieben Frau und er wird wohl nicht wiederkommen.

Barbiano Behandle mir die Kundschaft besser. Verstehst du mich? Behandle mir die Kundschaft besser! Sonst schlage ich dir die Faust ins Geld, daß die Funken spritzen!

Henker Beruhigt Euch, Herr! Man kann sich nicht bieten lassen, daß jeder Schneider und Schuster sein Maul in den Wind führt.

Barbiano Das war alles, was da war?

Henker Das war alles.

Barbiano Und wie benimmt sie sich?

Henker Merkwürdig, sozusagen. Höchst merkwürdig. Sie taut nicht auf, sondern sie vertrocknet. Sie schweigt jeden Tag um ein Glied mehr. Sie stirbt ab, sozusagen. Wie ein Kaktus gewissermaßen, wenn er nicht mehr begossen wird.

Barbiano Ei sieh mal an!

Henker Sie biegt sich nicht. Sie ist trotzig und schweigsam und sie bleibt dabei.

Barbiano Trotzig und schweigsam, sagst du! Sieh mal an! Sie ist trotzig und schweigsam! Und was hast denn du dazu getan, um sie aufzumuntern?

Henker Herr, man kann sie nicht mit Karessen traktieren wie ein gewöhnliches Weibsstück. Augen hat sie – solche Augen *(er zeigt's)*. Ich hab es versucht. Ich habe ihr zugeredet. Drüben am Pfosten. Die Augen hat sie verkniffen, die Nasenflügel gebläht und mich gemustert vom Kopf bis zu [den] Füßen. Da war sie im Übergewicht und verlachte mich. – Herr, Ihr habt sie eingefangen bei der Nacht. Ihr habt Euch geirrt, Messer Barbo!

Barbiano Ich will wissen, was du getan hast, sie kirr zu kriegen!

Henker Was über die Schwelle geht und meinen Handschlag empfängt, das ist Henkersgut. Aber Ihr könnt sie verwechselt haben. Ihr könnt einen Sperber gefangen haben statt einer Drossel. Es war klobige Finsternis, habt Ihr gesagt. Da kann man nicht wissen. So ein Weibsstück verwandelt sich wie der Burrimalurio. *(er bekreuzigt sich)*

Barbiano Laß den Blödsinn! Ich will wissen, was du getan hast. Ich zerprügle dir sämtliche Knochen im Leib, wenn du den Mund nicht auftust.

Henker Rund herausgesagt, Herr: es ist ein Schwindel. Sie ist keine Königin.

Barbiano So so, sie ist keine Königin! Und warum denn, mein Freund?

Henker Herr, eine Königin!

Barbiano Heraus damit! Laß die Fisimatenten!

Henker Herr, es ist eine von Euren Geliebten, die Ihr hereingesteckt habt, um sie kirr zu kriegen.

Barbiano Hab ich Verkehr mit Weibern? Bin ich ein Sodomit?

Henker Herr, Ihr müßt nicht sagen, daß die Weiber zu den Tieren
zählen! Da seid Ihr zu jung. Doch eine Königin, Herr! Eine Königin
unter den Gelüstigen! Auf ihrem Haupt ruht die Gnade. Sie sitzt auf
einem Stuhle aus Seide und Gold. Ihre Zofen geben acht auf ihren
Gang, weil sie zerbrechlich ist vom Kopf bis zu den Füßen. Sie hat
Erbarmen mit der Sündenlast und drückt die räudigen Kreaturen
an ihr Herz. Sie ist ein Nachen voll Liebeslust. Sie ist fromm und
gütig wie Muttermilch. Und säugt die Verkommen und Aussatz-
brüder. Herr, wie käme sie so in ein Frauenhaus!

Barbiano Das will ich dir sagen, mein Freund: durchs Schlüsselloch. Unverzüglich: durchs Schlüsselloch.

Henker(*mit Emphase*) Eine Königin, Herr! Da steht sie, da schreitet sie! Ausgemergelt von innerem Feuer. Abgezehrt von Gebeten
und Nachtwachen. Ihre Arme sind lang und dünn wie Gestrüpp.
An jedem ihrer Finger hangen zehn Ertrinkende. Sie lächelt und
ihre Augen tropfen wie die Talgkerzen beim Hochamt. Ihr Mund ist
gleich dem Resonanzboden einer Geige. Ein Mandelgeruch strömt
von ihm aus. Sie spricht:»Gebenedeit seid ihr, ihr Niederträchtigen,
Auswurf! Ihr roten Verbrecher, ihr Pfützenlungrer und Wundenle-
cker. Der Wind wird heulen über die Giebel und Zinnen der Ver-
dammnis. Die Luft wird fegen wie zehrendes Fetter. Die Nacht wird
flackern. Ich aber segne und hätschle euch. Ich breite die Arme nach
euch. Ich führe euch heim.« – Herr, wenn es möglich wäre, – ich
könnte nicht weiterleben. Ihr wäret ein großer Schurke.

Barbiano Du bist ja gottesfürchtig! Du bist ja ein Pietist!

Henker Ja, Herr, ich hin gottesfürchtig. Ich bin's von Natur.

Barbiano Hahahaha! Seht euch den Bengel an! Triefäugig,
krumm und mit spitzem Kopf! So was ist gottesfürchtig! Daumen
hat er, einen Ochsen erwürgt man damit. Häßlich ist er und ver-
pfuscht, daß man ihn geschwänzt sehen möchte, als Affe oder
Hund, und von der andern Menschheit subtrahiert. So was ist gottesfürchtig! Bei jedem Geldstück, drauf ein abgeschlagner Kopf zu
sehen ist, zuckt er zusammen. Bei jedem Ebenmaß und unverzerr-

ten Glied, dem er begegnet, packt ihn die scheele Sucht. Sowas ist gottesfürchtig! Die Bürgerschaft hat ihm das Hackbeil anvertraut und nennt ihn rote Eminenz und geht ihm aus dem Weg. So was ist gottesfürchtig!

Henker Ihr lästert, Herr!

Barbiano So eine rote Bestie! So eine holzgeschnittene Belialsfigur! So ein Jungfernbolz, gottesfürchtiger!

Henker Herr, Ihr spottet und höhnt. Ihr wollt mich hetzen auf sie!

Barbiano Dich hetzen auf sie? Auf wen hetz ich dich denn?

Henker Herr, ich weiß nicht, was Ihr für Händel habt. Was Ihr da plant. Ich führte ein Leben recht und schlecht bei den Mönchen zu Padua. Ich habe die Bank gedrückt auf der Schule [zu] Bologna. Dann bin ich Henker geworden. Ich hab mich zurückgezogen von den Geschäften. Was bringt Ihr mir nun diese Königin her?

Barbiano Das Haus ist neu und die Stuben sind neu. Das muß man doch feiern!

Henker Herr, Ihr möchtet mich hetzen auf sie!

Barbiano Auf wen hetz ich dich denn?

Henker Herr, laßt die stichelnden Reden sein! Ich hab mich zurückgezogen. Ich führ ein beschauliches Leben mit meinen Dirnlein. Ich will nichts wissen von Euren Händeln. Ich habe Retorten gehabt voll Menschensaft und wollte den Luzifer besser machen an Schönheit. Das war alles umsonst. Ich warne Euch, Herr, vor dem Weibe!

Barbiano So ein Bestie hinterlistige! So ein Witzbold vertrackter!

Henker Herr, laßt mich in Frieden! Schafft sie beiseite, füttert die Karpfen damit! Werft sie in eine Grube voll Kalk und gebt Steine darauf! Da habt Ihr, was ich Euch raten kann. Wenn sie so hoher Geburt herrührt, das schlägt nicht zum Guten aus!

Barbiano Du bist ja ein seltsamer Eiferer!

Henker Herr, ich kenne die heimlichen Schriften und Lehren! Ich hab sie studiert bei den Mönchen zu Padua. Wenn Ihr Erlösung sucht, da ist alles umsonst. Ich kenne die heimlichen Weiber und die geöffneten. Ich konnte kein Weib mehr sehen, oder ich biß nach ihr. Ich hab in die Luft gebissen und mir die Hände zerkratzt vor Wollust. Ich habe im Staub gelegen, Schmutz vor dem Maule, und habe gelobt und gelästert. Wenn Ihr erlöst sein wollt, – da ist alles umsonst.

Barbiano Testa di cazzo! Was sprichst du von mir! Hol sie her, deine Königin! Ich will sie vermenschlichen!

2. Szene

Es läutet stark eine Hausglocke. Der Henker geht in die Kammer, holt zwei Stühle hervor, nimmt sein Schwert und stellt sich, das Gesicht gegen den Ausgang gerichtet, auf den Stühlen mit gespreizten Beinen auf.

Barbiano Was ist denn das für ein Geläute?

Henker Es läutet zur Vesper. So ist die Verordnung.

Barbiano*(lachend)* Vesper im Frauenhaus? Das ist ja ein schnurriges Wesen!

Der Bube*(kommt mit einer langen Gerte und schreit)* Heda, heraus da, ihr Dirnen und Hexenwische! *(Die Dirnen kommen in gelben Mänteln mit blauen Schnüren und grünen Röcken aus ihren Zellen hervor. Lustig und widerspenstig mit Guitarrenspiel. Sie ziehen zwischen den beiden Stühlen und zwischen den Beine des Henkers hindurch. Der Bube zum Henker gewandt)* Soll ich die andere auch austreiben?

Henker*(nach einem Blick auf Barbiano)* Hol' sie heraus!

Barbiano Das ist ja ein seltsames Zeremoniell!

Henker Es ist der Tribut. So ist die Verordnung.

Der Bube Heda, Frau Königin, auf, kommt heraus!

Barbiano Sie will nicht! Sie hat keine Lust! *(Der Henker hat sich auf den Stühlen umgedreht gegen die Zelle der Königin).*

Der Bube Sie will nicht? Heda, Frau Königin, Vesperstunde! *(Er pfeift durch die Finger. Es läutet zum zweitenmal. An der Tür die letzte Dirne lenkt den Buben ab. Roswitha tritt auf.)*

3. Szene

Henker*(wirft sich zu Boden)* Großmächtige Königin! Erlauchte Königin! Allererhabenste Königin!

Barbiano Henker, steh auf! *(zu Roswitha)* Wir sind gekommen. Margarete von Burgund, mit Euch zu plaudern.

Henker O Herr, seht hin, wie schön sie ist! Ich kann den Anblick nicht ertragen.

Roswitha Wer seid Ihr? Ich kenne Euch nicht.

Barbiano Dieser hier ist mein Freund, der Henker und Blutvogel von Brescia. Ich selber bin Barbiano, Stadthauptmann, desgleichen von Brescia. Warum erschreckt Ihr?

Henker O Herr, wie schön sie ist!

Roswitha Was wollt Ihr von mir? Laßt mich vorbei!

Barbiano Eine Kleinigkeit mit Verlaub. Ihr werdet den Kopf verlieren. Hört zu: Ihr sollt hingerichtet werden! *(er geht auf sie zu)*

Roswitha Bleibt mir vom Leibe! Kommt mir nicht nah! Was wollt Ihr von mir? *(sie weicht zurück)*

Barbiano Laßt Euch nicht schrecken! Wir sind nicht gekommen, Euch zu ängstigen. Wir sind gekommen, uns nach Eurem Befinden zu erkundigen. Habt Ihr zu klagen so über Verpflegung, Bett oder Tisch?

Roswitha Ich habe nicht zu klagen.

Barbiano Es ist viel, wenn ein Jungweib nicht zu klagen hat. Tag- und Nachthunger gibt es. Lustschaft und Leidschaft. Sehnsucht nach allerhand Himmelblau, Sonne und Nebel!

Henker O Herr, wie schön sie ist!

Barbiano*(zu Roswitha, emphatisch)* In der Tat: Euer Antlitz blüht! Euer Antlitz ist scharf gezackt wie der Blitz, der in ein Rosenfeld schlägt. Euer Mund ist ledig aller Schlaffheit, geschlossen und voll von gesättigter Kraft.

Roswitha Ich habe die Kraft, Barbiano, und habe mein Schweigen und habe die Rache, die Euch zerschmeißen wird, wenn mein Gemahl zurückkehrt, Euer Gemäuer in Stücke reißt, und Euch als Köder benutzt für die Fische. Laßt mich zur Vesper!

Barbiano Euch fehlt etwas. Ihr seid aufgebracht, Ihr seid überreizt.

Roswitha Was wollt Ihr von mir?

Barbiano Ich hab auf ein Lustspiel gesonnen, gnädige Frau. Ich hab einen Scherz erfunden. Ich hab Euch den Henker gebracht. Es schmerzt mich, daß Ihr kein Wort der Aufmunterung für ihn habt. Er ist treu und ergeben wie ein Tscherkessenhund. Er ist munter und aufgeweckt wie ein Kukutzer im Frühling. Ihr könnt ihn am Halse kraulen mit Eurer großen Zehe, er wird nicht widersprechen. Er lechzt nach einem Blick von Euch und Ihr verachtet ihn.

Roswitha O du! O du Kuppler! O du Eunuch!

Barbiano Nein nein, Madonna, das ist es nicht! Nicht daß ich ihn Euch empfehlen möchte. Da ist er zu grob gehobelt. So gern ich Euch dienen möchte, da taugt er nicht. »Freund Henker, sieh her, sind das Brüstlein? Ist das ein Leib? Sind das Finger und Handgelenke? Ist das ein Augenlid und ein Nacken?« So müßt ich sprechen. Aber das ist es nicht.

Henker(den Kopf auf dem Boden) O Herr, dieser Glanz! Ich kann's nicht ertragen!

Barbiano Da müßt ich sprechen: »Freund Henker, sieh her! Gibt es ein Weib, das sich königlicher gebart? Gibt es ein Weib, dem die Lust und der Wohlruch gewaltiger ausströmt? Auf ihrem kühn geschnittenen Antlitz zucken die ungeborenen Küsse. Um ihren Hals ist ein Reigen von Engeln. Ihren Leib hat in gotischer Meister geschnitzt und alle Grazien halfen die Linie biegen!«

Henker(stürzt sich auf sie, sie stößt ihn zurück)

Roswitha Ich hin das Weib König Heinrichs des Siebten!

Barbiano Der einen Römerzug unternommen hat.

Roswitha Ihr habt mich wider jed Recht und Gesetz in eure Stadt verschleppt!

Barbiano Ihr hättet Räubern in die Hände fallen können. Da haben wir Euch hierhergeritten.

Roswitha Ihr habt mich ohne Prozeß und Antwort zu den gelüstigen Frauen geworfen!

Barbiano Das ist keine Strafe für ein jung Weib. Das ist ein Vergnügen.

Roswitha Was wollt Ihr von mir?

Barbiano Ihr seid hochmütig und stolz. Das ärgert uns.

Henker Ja, alleweil, das ärgert uns!

Barbiano Ihr seid schweigsam und trotzig und habt Geheimnisse mit denen, die zu Euch kommen. Das macht uns neugierig!

Henker Ja, das macht uns neugierig.

Roswitha Ich sehe euch nicht. Ihr seid mir entsetzlich und furchtbar. Bestien, die einen scheelen Blick haben. Bestien, die mit hängender Zunge lauernd stehen.

Barbiano Wir meinen es gut mit Euch. Wir sind gekommen, Euch die Krone reginae bordelli aufs Haupt zu setzen.

Henker Was für eine Krone, Herr?

Barbiano Wir weihn ihr die Krone reginae bordelli! Verdient sie sie nicht?

Henker Herr, dabei bleibt Ihr nicht! Davon war nicht die Rede!

Barbiano*(lacht)*

Henker Herr, ich erschlage Euch! Nehmt Euer Wort zurück!

Barbiano Dummkopf!

Henker*(versucht's mit Roswitha)* Königin, nehmt diese Krone nicht an! Werft sie ihm vor die Füße! Ihr wißt ja nicht, was es damit für eine Bewandtnis hat! Wer sie getragen hat! Wer diese Krone anfaßt, herbergt die schwarze Pein im Gehirn. Wer diese Krone trägt, dem tropft glühendes Feuer vom Mund. Wer diese Krone aufsetzt, der buhlt mit den Fegfeuerseelen. *(zu Barbiano)* Ihr dürft es nicht, Herr, Ihr dürft es nicht tun! Sie wird mich ja prügeln, Barbara, der diese Krone gehört! Sie wird nach mir kratzen und beißen und spucken! Sie wird mich zu Schanden schlagen! *(zu Roswitha)* Gebenedeite Frau Königin, allerverehrteste Königin, nehmt diese Krone nicht an! Es ist nur ein zottiger Wisch ans Stroh und ein Bändel drum!

Barbiano*(lacht)*

Roswitha Wer ist das: Barbara?

Henker Eine spärliche Dirne aus Augsburg, gnädige Frau. Komödiantin von Beruf. Dann kam sie hierher mit dreißig Jährlein und fand ein Unterkommen bei uns aus Mitleid. Wir haben ein väterlich Auge auf sie und lassen uns raten von ihr. Nur daß sie etliche Mucken hat, gnädige Frau, und manchesmal störrisch ist. Dann muß man sie prügeln, und sie wird zahm wie ein Lamm.

Roswitha Wem gilt dieser Streich?

Barbiano Madonna, Euch schenk ich die Krone; weil Ihr ein Weib seid!

Roswitha Die Krone aus Stroh soll Heinrich den Siebten treffen auf meinem Haupt?

Barbiano Sie werden zu Dutzenden kommen und Euren Leib besteigen. Das ist es, Madonna!

Roswitha*(schweigt)*

Barbiano Sie werden Euch preisen und weiterpreisen. Sie werden Euch Hymnen singen und Psalmen und Lobgesänge. Das ist es, Madonna.

Roswitha O du! O du! O du Mißgeburt, der die Sinne versagt sind! O du betrogener Schelm, den des Daseins ekelt! Leichnam, mit Lichtern aufgeputzt, die die eigene Verwesung beleuchten! Verschnittener, der auf Sättigung hofft, und zu klein ist, hübsch zu verenden! O du Abenteurer deiner Verzweiflung!

Barbiano Ihr habt tief über mich nachgedacht, Madonna!

Roswitha Feigling, der sich kopfüber zur Hölle flüchtet, damit nur ein Glanz um ihn sei! Wicht und Zerstörungsengel, mit Pfützen behangen!

Barbiano Ihr beschämt mich, Madonna!

Roswitha*(lachend)* Sie mögen sich an mich hängen mit tausendfacher Begattung! Ich schüttle sie ab. Du magst mich mit Zucker und Rohfleisch füttern. Ich lache dich aus! Du magst mir die Drohnen und Henker und Wichte schicken! Wer füllt eines Weibertraums

Wahnsinn aus, wer stillt mir die Lust? Wo ist Euer Witz, der mir Qualen erfindet? Sie werden zur Wollust. Was habt Ihr erfunden, was habt Ihr ersonnen? Kommt doch heraus damit! Wer bist du? Was hast du? Ein Frohhaus, in dem man die Lust verkauft nach Elle und Meter! Ein paar Begarden, die du geschickt hast! Und tapprige Männerschenkel, die mich »vernichten« sollen! *(Sie geht ab. Der Henker stürzt sich zu Boden vor ihr.)*

4. Szene

Barbiano Was sagst du dazu?

Henker Sie ist in die Vesper gegangen.

Barbiano Wie sie geht! Wie sie dasteht! Sie hat uns dumm gemacht! Man fühlt seine Ohren wachsen.

Henker Herr, wir müssen sie strafen dafür!

Barbiano Ja, das müssen wir, ohne Zweifel. Du setzt ihr die Krone aufs Haupt und wirst ihr eine Tracht Prügel verabfolgen, wenn sie sich sträubt! Wozu bist du der Henker!

Henker Herr, das geht nicht! Denkt an die Barbara!

Barbiano Mach's wie die willst! Den Kranz bekommt sie! Und wenn sie ihn morgen nicht trägt, wirst du ausgepeitscht. Laß dir das Nachtmahl schmecken!

Henker Gebt auf die Treppe acht, Herr, damit Ihr den Hals nicht brecht! *(Barbiano ab. Der Henker holt die Bibel hervor, setzt sich auf die Bank vor dem Eingang zur Kammer, zieht seine Brille heraus und vertieft sich mit hochgezogenen Augenbrauen in die Lektüre. Die Dirnen kommen von der Vesper zurück, ziehen mit gefalteten Händen und verkniffenem Lachen an ihm vorüber. Als die Vorletzte Barbara. Sie bleibt vor dem Henker stehen und führt einen kleinen Tanz auf.)*

5. Szene

Henker Barbara, laß das Tanzen sein!

Barbara Du hast mich doch selber gelehrt zu tanzen, wenn man aus der Vesper kommt!

Henker Ich sage dir, daß es sündhaft ist!

Barbara Warum soll denn das Tanzen sündhaft sein?

Die nit hupfet und springt,
Die geht mit eim Kind.
Muß rühwig sitzen beim Hoppeldei
In Ängsten und Hitzen.
Eiapopei!

Henker Ich sage dir, daß deine Gelenke mit dem Urin des Teufels geölt sind! Daß sündhaft ist am Menschen und Weibe, was sein Gewand bedeckt. Nur das Antlitz ist göttlich. Die Hände sind göttlich. Deshalb soll auf dem Antlitz des Menschen der Abglanz des Schöpfers liegen. Und seine Hände sollen sich falten zum Gebet und nimmer ablassen davon, damit sie gereinigt werden.

Barbara(lachend) Früher hast du gesagt, daß der Tanz wohlgefällig sei vor dem Herrn, hast meinen Leib nackend gemacht und mein Gesicht bedeckt.

Henker Es war Teufelsdienst. Wir haben die Messe geändert. Wir feiern nicht mehr Satanas, den Abtrünnling!

Barbara Aber mir ist wohlgefällig das Tanzen. Ich tanze und singe und grinse dazu!

Henker Das Teufelsglied schaut dir zwischen den Zähnen hervor! Ich aber sage: die Stimme hat mir ein Zeichen gegeben. Die Stimme hat mir gesagt:»Gehe hin und du sollst auch dein Ehweib erlösen!«

Barbara Was für eine Stimme hat dir denn das gesagt? Sieh meine Zunge: rot und sie schlängelt. Und wenn du Weihwasser an mich spritzest, dann zischt es.

Henker Die Stimme der sieben Himmel ist mächtiger als deine Teufelskunst!

Barbara(spielend mit allen Gliedern) Ich bin aber nicht dein Ehweib! Und wie hat denn die Stimme dir das gesagt?

Henker Die Himmel schweben wie luftige Schaukeln. Die Himmel steigen und fallen wie Feuerschrecken und Ketzerfahnen. Mächtige Arme haben mich angepackt und aufgehoben. Die Himmel der Seligkeit breiten sich aus.

Barbara Du bist ja ein Narr! Ein Ziegenbock hat dich angestoßen. Du hast eine indische Zwiebel gekaut.

Henker Engel mit Tromben und Pfeifen haben mich aufgeweckt. Engel, die mit dem Kopf an die Decke stoßen. Und deine zuchtlosen Tänze und Wortgebinde haben sie verflucht.

Barbara Ah, Lügenschüppel! Wenn du den Himmel gesehen hast – was gibt es denn dort? Was hast du denn dort gesehn?

Henker Barbara, sieh! Deine Glieder sind grob. Deine Nase ist plattgedrückt. Die Geburtszange sieht man an deiner gelben Stirn. Deine Zähne im Mund stehen kreuz und quer wie ein Kegelspiel, das im Umfallen ist.

Barbara(*weiß nicht, was sie sagen soll*)

Henker Barbara, sieh, deine Haut ist ein Madensack! Wanzen und Flöhe nagen sich fest daran, endloses Ungeziefer, endloser Schmutz. Die Haut juckt uns und ist rot gefleckt. Wir liegen am Boden und bluten und spucken. Wir schreien im Kot und duften nach Vieh. Aber der Schleier verpufft. Eine Decke hebt sich. Ein Blick tut sich auf. Grüne Gezelte und Wände, die ins Unendliche steigen. Glütige Vögel sitzen auf elfenbeinernen Simsen und fahren einher mit langen Schnäbeln und schreienden Liedern. Silberne Tore klingen in ihren Angeln. Regenbögen auf Nachtgewölk. Fanfaren aus Gold und Scharlachfahnen und Bruderschrei. Die Engel schauen weit vorgebeugt aus den Fenstern heraus. Die Straßen wanken und die Paläste der Seligkeit dröhnen. – So aber spricht die Stimme der sieben Himmel:»Gehet hin und tut Buße! Euch sei vergeben um eurer Königin willen. Euch sei verziehen um eurer gepriesenen Frau!«

Barbara Die Bäume essen Salat. Und mit Hostien werden die Gänse gefüttert. – Was ist denn das für eine Königin?

Henker(*verwirrt*) Ja, was ist das für eine Königin? Was soll das für eine Königin sein?

Barbara Sieh einer an! Sein Schwert ist voll Schopfhaar und klebrigen Bluts und er träumt von Königinnen. Seine Hand hat Menschen erwürgt, und was er für Himmel dichtet! Uns hängt er ein

Konterfei Unsrer Lieben Frau in die Zelle! Er selber träumt von den fleischlichen Königinnen!

Henker Barbara, gib deine Krone her! Messer Barbo hat es gesagt!

Barbara Greifen muß er sie können, die Königin, mit der er durch seine Himmel fliegt! Das ist eine brave vortreffliche Königin! Durch die Schmelzhölle ist sie geflogen und hat sich die Flügel verbrannt! Den Henker hat sie gesehen und hat keinen Abscheu bekommen! Eine Königin ist es, die jedermann haben kann! Eine Buhlkonkurrenz, die die Stadt aufwiegelt. Ein Inkubus, ein verkappter, den Ser Barbiano hereingeschleppt hat!

Henker Gib die Krone heraus, Messer Barbo will es so haben!

Barbara*(schlägt sich auf den Busen)* Hier steckt sie! Hier steckt sie! Nimm sie dir doch!

Henker Laß die Narrenpossen! Gib die Krone heraus!

Barbara Für wen denn, Herr Ritter? Für wen denn, Euer Gnaden? Für Ihro Frau Königin etwa?

Henker Gib die Krone her!

Barbara Eine schöne Königin, der man die Lästerkrone geben muß!

Henker Sie verdient die Krone besser als du!

Barbara Sie verdient sie besser? So so! Was hat sie denn aufgestellt? Etwa mit dir und dem Salbenverkäufer? Etwa mit dem verlotterten Erzbischof da und diesem Affen von Verseschmied? Aber sie ist gar keine Königin, die Königin, die du haben willst!

Henker Sie hat meinen Handschlag empfangen. Sie gehört mir!

Barbara Aber es widert sie deiner! Du bist ihr nicht gut genug trotz deiner Scharlachhosen! Sie hält dich am Gimpelstrick; weil sie gar keine Königin ist.

Henker Lästermaul, gib mir die Krone her!

Barbara Du denkst wohl, daß sie dich mitnimmt, wenn sie herauskommt! Und dich zum Troßknecht macht! Daß du Profoß für die Buben wirst und die Schlüssel erhältst zum Falkenturm, wenn du fein artig tust und ihr die Füße kraulst! Daß sie dich rasch ins Federbett legt und dir die Borsten striegelt! Aber da sind deine Ohren zu lang. Da bist du zu krustig dazu! Und sie ist gar keine Königin!

Henker*(schaut sie nur an)*

Barbara*(leise, schleichend)* Bist du in der Stadt Lüttich gewesen und bei den Luxenburgern? Bist du bei den Krakowianern gewesen und in der Kaiserstadt Aachen? Da sperrst du die Nase auf! Da siehst du, was für ein Quark du bist! Aber ich, ich bin dort gewesen! Ich habe die Grafen und Ritter mit meinen Augen gesehen! Ich habe die aufgetakelten Damen und Herrn gesehn bei der Feierkomedy zu Aachen! Da sperrst du die Nase auf und die langen Ohren! Ich hab ihn gesehen, den König von Lützelburg und die hochgeborne Frau Königin! Da hast du die Jauche gefahrn bei den Mönchen zu Rimini!

Henker Hinausgepeitscht haben sie dich aus der Kaiserstadt Aachen! Du hast es ja selber erzählt!

Barbara Ich hab sie gesehen, die Königin! Ich hin ihr vorbeigetanzt auf dem Kronfeste zu Aachen!

Henker Einen Lumpengalan, einen hörnigen, hast du gehabt! Den Zingulafahnen habt ihr stehlen wöllen! Da haben sie euch aus der Stadt geprellt!

Barbara Ihre Fingerspitzen hab ich berührt! Das war die Königin, die burgundische! Aber diese da, deine Königin, ist ja erlogen! Ein Butzen, den man vertauscht hat! Eine aus ihrem Gesind vielleicht und riecht nach den Kleidern der Königin!

Henker Barbara, sieh, da haben wir Haus gehalten rechtschaffen selbander. Ich habe die Köpfe gefällt rechtschaffen und habe den Galgen bedient. Ich habe mein Seelheil verpfändet mit Leibaufschneiden vor den gelehrten Herren. Das ist verboten. Ich habe den Pfennig gemehrt mit Leichausgraben auf dem Gottesacker zur Nachtzeit für die Schacherjuden zu Venedig. Und hab dir ein perlernes Schopftuch gekauft, weil du hoffärtig warst rechtschaffen, und ich war grad gewachsen und grob und räß. Aber es ist etwas wach geworden in mir und reißt an der Kette bei Tag und Nacht. Es bellt mir die Ohren voll. Ich lache ihm laut ins Gesicht, ich kann nicht mehr sitzen und stehen und liegen bei Tag und bei Nacht: es duckt sich und setzt sich zum Sprunge und trifft mich, daß mir der Schweiß ausgeht.

Barbara Du hast doch dein Handwerk geübt rechtschaffen! Was hast du zu schreien und Lärm zu machen?

Henker Barbara, sieh: eh ich selbige sah, da wußt ich nicht, daß ich ein Schrecken bin; daß es vor Wollust war, wenn ich die Köpfe ins Gras ließ beißen! Aber nun platzen die Himmel auf. Eine Hand greift herunter. Berge aus Purpur. Sonnen am Himmel wie Wurzelstöcke im Wald, die von Axthieben zerschlachtet sind. – Zerstör' mir die Gnade nicht und die Erlösungshoffnung, sonst bin ich verloren!

Barbara Siehst du jetzt, daß du mich liebst!

Henker Was verstehst du am End von der Liebe! Sag, daß du gelogen hast!

Barbara Wenn du sie besser liebst als mich, geh doch hin zu ihr, laß dich erlösen von ihr! Stell doch ihr Bild auf neben der Jungfrau!

Henker Das braucht keine Jungfrau sein und nichts mit Salben und Heiligenschein! Das braucht nicht von Bethlehem herzukommen und mit dem Spieß in die Seite gestochen!

Barbara Du glaubst es ja selber nicht, daß eine Königin Lust hat, mit dir zu schäkern! Frag sie doch selbst, was sie sagt dazu! Geh doch hin zu ihr, frag sie doch selber! *(Barbara ab. Roswitha kommt von der Vesper zurück.)*

6. Szene

Henker*(eruptiv)* Halt! Hier kommt Ihr nicht durch oder steht, Ihr mir Rede!

Roswitha Wer erlaubt dem Profossen eines Bordells, mich zur Rede zu stellen?

Henker Die Not. Steh mir Rede!

Roswitha Dein Gesicht ist keines Menschen Gesicht! Weich mir aus den Augen!

Henker Ich habe dich nicht behelligt seit Wochenfrist. Ich habe dich wandeln lassen seit Wochen ungestört. Aber nun bist du in meiner Gewalt. Ich kann dich ausblasen wie eine Kerze. Da frage ich dich und ertrag's nicht mehr.

Roswitha Du bist mir ein Gräuel. Du stehst voller Fäulnis da wie ein Baum aus dem Sumpf, der sich aufgemacht hat und hierherkam.

Henker Tu mir Bescheid. Die Flamme frißt mir von innen die Brust auf. Du sollst mir Rede stehn. Ich begehre dich nicht.

Roswitha Ich stehe dir Rede. Was willst du?

Henker Kennst du den heiligen Franz von Assisi?

Roswitha Ich kenne die heiligen Männer nicht.

Henker Du kennst ihn. Was hältst du von ihm?

Roswitha Ich kenne ihn nicht.

Henker Du lügst! O wie sie lügen alle und alle erbärmlich sind!

Roswitha Franziscus von Assis war wohl ein Eiferer unter den Bettelmönchen.

Henker Du kennst ihn! Steh Rede von ihm!

Roswitha Der heilige Franz von Assis liebte die Menschen so sehr, daß er als Bettler ging um der Scham und des Unterschieds willen.

Henker Du kennst ihn mit besserer Einsicht. Du willst dich nicht öffnen. Steh Rede von ihm!

Roswitha Der heilige Franz von Assisi nahm einen Stein, der am Wege verlassen lag, trug ihn nach Hause und pflegte ihn so mit Jauchzen und Inbrunst, bis aus dem Stein die Zähren der Dankbarkeit brachen und er mit Rede anhub wie ein jüngerer Bruder.

Henker Jetzt sprachst du die Wahrheit. Was hältst du von ihm?

Roswitha Der Heilige Franz von Assisi war eine Kruste von Schmutz. Sein Mund sang göttliche Lobgesänge. Sein Haupthaar strotzte von Ungeziefer. Aber er küßte den Käfer und jegliches Tier und pflegte sein Haupthaar für Gottes Geschöpfe.

Henker(*jubelnd*) Der heilige Franz von Assis ist aus der Gruft gestiegen und liegt mir im Ohre bei Tag und bei Nacht! – Steh mir Rede: was hältst du vom Antichrist?

Roswitha Laß mich zur Zelle! Ich weiß nicht die Mär vom Antichrist!

Henker Du kommst nicht hindurch! Ich frage mit Henkersgewalt: Steh Rede vom Antichrist! Schlitzaugen hat er, ein lächelnd Gesicht und ein kaltes Herz. Er will den Herrn Jesum stürzen. Was hältst du von ihm?

Roswitha Der Teufel geht um in verschiednen Gestalten. Er wird den Herrn Jesum nicht stürzen. Wenn er ihn stürzte im Könige, bräch er hervor aus den Henkern!

Henker Du kommst aus der Messe. Wenn aber einer die Messe geschändet hat, rohlings geschändet und Unzucht geritten auf dem Altar? Mit den Dirnen im Meßwein gebadet?

Roswitha Dann wird ihn der Himmel verzehren bei lebendem Leibe.

Henker*(leise, traurig)* Ich hab meine Mutter besudelt und meine Schwester geschändet.

Roswitha Du bist kein Mensch. Du bist nur ein Tier!

Henker*(hinstürzend)* Ich habe gewinselt und mich kasteit. Ich habe mich selbst zerrissen und wieder errichtet. Ich habe geflucht und gebetet. Ich heule zum Himmel: Ich bin ein Mensch! Ich schreie zum Himmel, bis mir die Lunge zerspringt. Ich kralle mich fest mit beiden Händen in diese Luft, die vom Himmel kommt! Ich bin ein Mensch, auch ich bin ein Mensch. Hab ich nicht Adern und Knochen und Blut? Kann ich nicht schreien und toben und fluchen ganz wie ein Mensch? Heilige mich! Da bist du! Da stehst du! Ich weiche nicht eher vom Platz, bis ein Wunder geschieht und die Engel des Himmels wie Pfeile zum Abgrund fahren, um mich zu retten!

Roswitha Sieh mich an, schau auf! Ich bin schön wie ein Erzengel. Schön wie der Luzifer.

Henker Herrin, Ihr blendet mich! Herrin, wer seid Ihr, daß Ihr so glänzt und Euch beugt zu mir?

Roswitha Sieh mich an! Mir ist Macht gegeben im Himmel und auf der Erde!

Henker Ihr fürchtet, daß ich begehren könnte nach Euch!

Roswitha Du kannst nicht meiner begehren. Ich bin überhoben als deine Königin.

Henker Sie sagen, Ihr seid nicht die Königin, und alles, was ich Erlösung hoffte, war nur umsonst.

Roswitha Wer hat es gesagt?

Henker Barbara sagt es. Alle sagen es. Sie hat Euch gesehen beim Kronfest zu Aachen.

Roswitha Sie hat mich gesehen zu Aachen! Da glaubt ihr's! Weil es beim Kronfest war.

Henker Ich habe mit Gott und dem Teufel gewettet! Ich habe mein Seelheil verpfändet!

Roswitha Müsset vertrauen, so wird Euch geholfen sein!

[Vorhang.]

Zweiter Akt

Kemenate der königlichen Frauen im oberen Stockwerk des Frauenhauses. Rechts und links Türen. Ein Fenster. Der Raum ist nicht sehr tief, aber breit. Die Rückwand ist mit einem grünen Vorhang geschlossen. Stühle rechts. Eine Säule rechts ein paar Schritte von der Wand. Links ein Gebetstuhl. Blau, gelb und grün sind die Farben.

1. Szene

Judith und Adelheid mit Nähen beschäftigt.

Judith Hast du ihn heut schon gesehen?

Adelheid Den Henker? Sprich nicht so laut! Sie könnte dich hören! Ich habe ihn nicht mehr gesehen seit gestern, als er den Geißlern zusah auf der Straße.

Judith Wie breit seine Brust ist! Wie seine Fäuste schwer an den Armen hängen! Wie er die Arme einstemmt, wenn er so dasteht und auf der Straße den Geißlern zusieht!

Adelheid Vielleicht ist er höchst brutal und roh. Er lachte, als sie die gräßlichen Fratzen schnitten und als die blutigen Striemen aufglänzten in ihrem Fleisch. Glaubst du, daß er heraufkommen könnte?

Judith Das ist ihm verboten. Auch glaub ich, er tut nur so. Er hat einen guten Schlaf, ist flach und gefräßig und Weiber sind ihm wie schnurrende Katzen, die er sich zwischen den Beinen durchstreichen läßt.

Adelheid Lesbia hat mir erzählt., daß es unter den Dirnen einige gibt, die sich hinducken, wenn er die Stirne in Falten zieht, wie die Hennen sich ducken, wenn der Hahn gegen sie ankirrt.

Judith Du bist fast schamlos. Adelheid, die vergangene Nacht – ich war schon über das Bett herunter, um zu dir zu schleichen –

Adelheid Sprich leise! Bist du verrückt? Sie hört dich doch!

Judith Ich zählte an Händen und Füßen die Stunden ab und war ganz wach und träumte, ich hing mit den Knien in einem Eichbaum und hetzte mich ganz wie von Sinnen in meinen Kniekehlen hin und her. Ich war ganz wach und nackend dabei.

Adelheid Die Muhme sagt, man muß sich einen Frosch auf die Schläfen binden.

Judith Du brennst noch viel mehr als ich. Du verstellst dich nur. Erzähle mir, was du geträumt hast.

Adelheid Ist er dir auch schon im Traume erschienen?

Judith Wen meinst du?

Adelheid Du weißt schon.

Judith Ich glaube, ich fürcht ihn zu sehr!

Adelheid Roswitha hat einmal früher gesagt: wenn man Unbill leidet von seinen Gedanken, dann soll man sich so viele Röcke über den Kopf ziehen, bis man so dick wie ein Mummenschanz aussieht. Dann vergingen die tollen Gedanken, weil sie ein Seelenkleid haben.

Judith Still, jemand kommt!

Adelheid Es sind nur die Ratten.

Judith Wie sie schlupfen und pfeifen! *(Von unten hört man eine übermütige Lautenmusik.)* Hörst du? Musik! O wenn ich singen und springen könnte! Kennst du das Lied vom Zeisig und von den sieben jungen Schwalben, die auf der Leiter saßen und mit den roten Zünglein schnalzten? Oder vom Pfirsichbaum, der Laubhüttenfest feierte? Oder vom Buben, der seinen färbigen Narren-Vogel mit einem Dorn durch die schneeweiße Kehle stach?

Adelheid Was du für närrische Dinge aufbringst!

Judith Ach Adelheid, wenn ich der Henker wär! Das Schwert vor den Hüften, die Schellen am Schuh! Und ich könnte dich quälen und reizen und stechen!

Adelheid Laß mich los! Laß mich los! Was machst du denn da?

Judith Ich würde dich zähmen! Ich würde dich zwischen den Daumen und Zeigefinger zwicken mit meinen Nägeln. Ich würde dich schlagen, bis du auf allen Vieren gingst wie ein schön weißes Tier.

Adelheid Ich sage dir, laß mich los!

2. Szene

Der Henkersbube tritt auf.

Bube Ihr seid träge und unnütz. Ich hab euch das Linnen hier für die Kotzen gebracht und das Wollenzeug für die Pferde. Was habt ihr getan? Man wird euch vertreiben, wenn ihr euch schnäbeln wollt! Man behandelt euch glimpflich genug, daß man euch tränkt und hegt und mit Essen stopft, statt euch mit Schwung auf den Hurenhübel zu werfen!

Adelheid Wir Frauen der Königin brauchen nicht Kotzen nähen! Es ist uns verbrieft, daß wir Schonung haben und keiner uns anrühren darf!

Bube Da unten lärmen und toben sie. – Frauenzimmer, ohne Verstand und dumm wie der Teufel. – Ich sage euch, daß ich ein Aug auf euch habe! Ist das ein Streitkleid für einen Turmknecht? *(wütend)* Ist das ein Sack für den Bauern, der auf dem Wurfturm liegt drei Tage und Nächte in Ungeziefer und Schmutz? Wo ist die Präfektin?

Judith Sie kniet vor dem Lusamgärtlein am Treppengeländer, gestrenger Herr, und betet.

Bube Wenn die nur schöntun kann und auf den Knien rutschen! Zeigt eure Hände her! *(Er hat eine Nadel und zersticht ihnen blitzschnell die Hände.)* So, nun seid ihr geimpft für die Faulheit! *(lacht und geht ab)*

Judith*(ruft ihm nach)* Ferruccio!

Adelheid Lieber Ferruccio! O dieser Käfig! *(stampft mit dem Fuß)*

3. Szene

Margarete*(kommt von rechts)* Frohlocket, Kinder, der Herr hat mir einen neuen Psalm eingegeben!

Judith Ferruccio war da und hat uns die Hände zerstochen!

Adelheid Er hat alles Linnen wieder zerrissen, das wir mit Mühe zusammengenäht.

Margarete Wer ist das: Ferruccio?

Adelheid Ihr wißt doch, Königin, der Henkersbube!

Judith Ihr habt uns befohlen, Königin, mit Euch nach Rom zu fahren zur Krönung. Nun sitzen wir hier in der Dirnenstube dieser verwunschenen Stadt und werden verhöhnt und mit Skorpionen gezüchtigt

Margarete Wer tut euch etwas zu leid? Es ist uns verbrieft, daß wir Schonung haben und keiner uns anrühren darf.

Judith Der Henker, die Dirnen und alle Soldaten. Sie zerren uns hin und her am Hof und am Brunnen. Sie sagen, daß wir nur Gäste sind. Sie stoßen und höhnen uns.

Margarete Das Herz meiner Tochter Judith lügt und sie weiß es nicht. Sie beklagt sich gen die Verfolger und hat doch ein Auge geworfen auf den stattlichen Henker.

Judith Das unterstellt Ihr mir, Frau!

Margarete Ereifere dich nicht! Ich habe deine Gedanken durchschaut. Der Wolf umschleicht dich. Die Lüsternheit bellt dir aus deinen Augen.

Judith Ich kann nicht hänfenes Leibgeding nähen wie eine Linnwebersmagd!

Adelheid Wir sind noch so jung und lebenshungrig! Und hier die beständige Angst!

Margarete Lasset uns beten, meine Töchter! Vereiniget eure inständigen Bitten mit Unserem Lobgesang! Der König muß hier sein, ehe drei Tage vergehen.

Judith Ich kann nicht mehr beten! Ich mag nicht mehr beten! Ich will essen und trinken und durch die Natur hinstreifen.

Adelheid Judith, sei doch vernünftig und denk an Roswitha!

Margarete Regina sacratissima rosarti, ora pro nobis! *(Judith und Adelheid beten den Refrain mit)* Regina coeli, consolatrix afflictorum, ora pro nobis! Mater intemerata, mater purissima, mater castissima, exaudi nos! Sancta Maria, virgo fidelis, vas honorabile!

Judith Libera nos! *(sie bricht in ein tolles Gelächter aus und springt mit vorgestoßenem Leibe tanzend umher)* Da seht sie, die Heuchlerin! Seht sie, die Lügnerin! Wie sie in zahme unscheinbare Gebete flüchtet! Wie sie lügt und sich reckt! Wie sie dasteht mit aufgeblähtem Hals, auf der Tat ertappt, diese Eitelkeit, die sich Königin nennt! Ich lache auf dich! Und ich lache auf deine Gebete! Wo hast du Roswitha versteckt? Wo hast du sie hingetan? Du hast sie den Teufeln zum Fraß hingeworfen! Du läßt ihr vom Henker den Unterleib düngen und hudelst ein Dankgebet, daß du verschont bliebst! O über Königinnen und Frauenhäuser!

Margarete Roswitha hat sich geopfert, Judith, weil es sie drängte dazu. Sie hat sich erboten für mich. Ich hab's ihr nicht abgefordert!

Judith Du hast ihm Roswitha entkleidet und ihm ins Bett geworfen! Dem Henker, dem Scheusal! Du hast sie getrieben, bis sie sich selbst ein Verdienst daraus machte!

Margarete Was weißt du davon! Es war keine Zeit. Wir waren verfolgt. Wir haben die Kleider gewechselt. Roswitha hat sie mir selbst aus der Hand gerissen! Da sprangen sie schon von den Pferden.

Judith Du hast sie dir gerne entreißen lassen! Das kam dir zu paß! Das hat nicht viel Überredung gebraucht! O Nichtswürdigkeit! Doch wartet nur ab! Sie wird Euch zur Rechenschaft ziehen. Sie wird schon kommen und Euch verderben!

Adelheid Judith! Du sprichst zu der Königin! Morgen schon werden wir frei sein! Und auch Roswitha wird frei sein!

Judith*(immer gesteigert)* Wartet nur ab, bis das Ungetüm Henker sie erst in den Händen hat und ihr den Leib auskeltert! Bis er sie erst an den Haaren schleift und ihr den zärtlichen Leib aufschlitzt!

Margarete Judith! Judith! Bist du besessen!

Judith*(zusammenfallend, weinend)* O Königin!

4. Szene

Roswitha*(kommt von links)* Weshalb hat Judith geweint?

Margarete Was kommst du? Was bringst du? Ist nicht Unfriede genug?

Roswitha Ich komme, weil mich mein Herz treibt. Ich habe euch nicht belästigt, seit wir uns trennten. Warum bist du rauh zu mir? Womit verschulde ich das?

Margarete Du kommst nicht, weil dich dein Herz treibt. Du kommst mit gereizten Gedanken. Ich sehe an Judiths Augen, daß du mit Absicht und Vorsatz kommst.

Roswitha Sieh her, Judith, lächle ich nicht? Warum kommst du nicht her zu mir? Bin ich ein Geist?

Judith Ich fürchte mich vor dir, Roswitha.

Roswitha Wie seh ich denn aus, liebe Judith, daß man sich fürchten muß? Habe ich Kot an mir oder Schleim? Bin ich beschmutzt und häßlich geworden? Was ist denn geschehn? Komm doch her zu mir!

Judith Dein Mund ist anders. Deine Wangen anders. Deine Augen sind klein und aufgedunsen.

Roswitha Wie ein Kadaver am fünften Tag, willst du sagen. Laß sie doch her zu mir, Königin! Fürchtet ihr euch? Es ist doch nichts weiter geschehn!

Margarete Du bleibst mir zur Seite, Judith. Du, Roswitha, scheinst nicht zu wissen, daß Judiths Gemüt zu zart ist, als daß es nicht leiden sollte, wenn du im Aufzug der Dirnen und Komödiantinnen hier erscheinst. Bring deinen Anzug in Ordnung, eh du uns aufsuchst! Laß das Geliebäugel mit deinem Elend! Du weißt, ich verachte das!

Roswitha Ja ja, du verachtest das! Sonst hast du mir nichts zu sagen?

Margarete Du hast dich der Rachsucht verschrieben. Du hast dich dem Henker versagt, damit er in unser Gemüt einfahre. Du hast einen Alp auf uns niedergeflucht!

Roswitha Schlägt dein Gewissen? Versteckst du dich? Du bist doch die Oberherrin über Leib und Seele!

Margarete Du kommst im Lammfell. Aber es glückt dir nicht.

Roswitha Fühlst du dich schuldig, Königin?

Margarete Das Auge des Herrn ist wachsam. Es verläßt seine Königinnen auch in den Häusern des Lasters nicht.

Roswitha Du bist grausam.

Margarete Soll ich hingehn und sagen: »Ich bin die Königin. Mich müßt ihr fassen?« Dir bot sich Tat und Verdienst. Doch du fröhnst deiner maßlosen Rachgier.

Roswitha Ist es denn möglich? Ich habe es schlecht gemacht? Weil ich den Henker versäumte? Es ist nicht genug, daß allerhand Männergetier mich anspringt? Ich soll auch dem Schinder nicht wehren? Hetzen soll ich mich lassen, bis meine Hände zucken nach allem, was ihnen begegnet? Bis man den Katzen und Hunden verbietet, in meine Nähe zu kommen?

Judith Königin!

Margarete Da hört man die Wollust- und Hochmutsteufel! Wie sie zetern und toben. Da sieht man die Pflichterfüllung und Demut!

Roswitha Du weißt ja nicht, was es dort gibt! Du weißt ja nicht, was du verlangst! Du bist ja so wohlverwahrt! Sie kriechen heran. Du liegst auf der Galgenleiter. Sie schlagen dich ins Gesicht, sie schnüren dich fest, sie prellen dich, wenn du dich sträubst. Sie kommen heran mit Marterwerkzeug. Sie keltern die Scham dir aus. Die Zunge hängt ihnen rot vom Maul. Sie spritzen dir Gift in den Leib und besudeln dich. Du schlägst mit den Hufen aus wie eine Jungstute. Sie grinsen dich an und das Lachen der großen Teufel dröhnt. Sie fallen über dich her mit Krankheit, Feuer und Schmutz. Du schreist und bäumst dich und willst sie genießen lassen, bis sie verenden. Und knirschst nur tiefer hinein in den Zügel, der dich hinunterreitet.

Margarete Strapazen, wie Reiten, Fechten und Jagen. Vom Unerträglichen spricht man nicht.

Roswitha Der Adel hat einen Buhlpreis auf mich gesetzt!

Margarete Er ist eine Prüfung. Du wirst dich bewähren.

Roswitha Mir springt Galle und Blut aus dem Mund, Königin!

Margarete Sie werden dir eine Schonzeit geben. Du kämpfst für die Sitte.

Roswitha Seid nicht so hart, so eisern hart! Ihr versucht mich!

Margarete Verlaß diese Stube! Such deine Zelle auf!

Roswitha Euch hab ich Liebe getan! Euch hab ich Opfer gebracht! Für Euch hab ich mich hingeworfen und mich zertreten lassen! Bin ich denn nichts, gar nichts? Ist denn der Abstand derer von Hochhaim so groß? Ist denn das alles ein Nichts und der Rede nicht wert?

Margarete Du verdirbst mir das Kind. Du bist maßlos. Lern dich beherrschen!

Roswitha Ich bin eine Dirne, sag es heraus! Es ist spaßig, ich bin eine Dirne!

Margarete Du sollst diese Stube verlassen. Du bist mir zum Abscheu!

Roswitha Ich bin eine Dirne, die dümmste der Dirnen, sag es heraus!

Margarete Verlaß die Stube! Du bist mir zum Ekel!

Roswitha Besinne dich Königin! Magdtum und Mutterschaft: alles zerschlagen!

Margarete Knechte und Mägde wissen Bescheid. Magdtum: ein kleiner Scherz und ein großes Vergnügen.

Roswitha Du sprichst zur Verlobten des Grafen von Polhaim!

Margarete Lehre ihn Liebe! Er dankt es dir!

Roswitha O über Königinnen und Frauenhäuser!

Margarete Du selber bist es, die schamlos spricht. Ich höre dich nicht. Geh hinunter.

Roswitha Wohl, so laß sehen, wer stärker ist! Wer hier Königin ist und das Recht hat, sich so zu nennen! Wer gelitten hat und wer mächtig ist! Wer die Höhere ist von uns beiden! Du hattest die Macht, mich zu machen zur Königin. Was hattest du noch? Ich habe die Würde in mir von Anbeginn. Was sprichst du von Ekel? Was

weißt du vom Ekel? Wer hat dich gelehrt den Ekel? Ich war auser-
sehen von Anbeginn. Dir hat der Zufall den Stoß gegeben. Da
stiegst du auf meinen Thron. – Ich bin die eine, der keine das Wasser reicht. Ich bin die Königin. Überkönigin. Nimm sie mir ab, die
Würde, wenn du's vermagst. Du kannst dich auf hundert Thronen
räkeln. Ich bin die Königin, wenn auch ein Siechenhaus mein Emp-
fangsaal wär! Du kannst deine Hände versilbern lassen und einen
Kopf tragen aus Gold. Ich bin die Königin!

Margarete Fällt deine Larve? Stehst du jetzt nackt vor mir? Also
um Königin vor dir zu spielen, hast du dich hergegeben! Sag es
doch noch einmal! Sag's doch heraus! Um deiner maßlosen Eitelkeit
willen? Das also ist es?

Roswitha Ich stehe hier ganz in Flammen. Ich weiß nicht, was
mich getrieben hat.

Margarete Laß es dir sagen: Neugier und Mannstollheit haben
dich in die Falle getrieben! Lustgier war es, was dich vom 13. Jahre
hineintrieb! Sehnsucht nach Abenteuer und Schwank, nach Liebes-
dienst und Gemeinheit! – Du sprichst von Aufopferung! Du sprichst
von Magdtum! Geh da hinab in dein Tierreich! Laß deine Schenkel
preisen und deine Kaldaunen!

Roswitha*(leise, fast singend)* Königin, Königin, Spottkönigin! Dei-
ne Kinder werden Wechselbälge sein. Eiter wird ihnen aus den
Augen fließen, Schleim aus dem Mund! – *(auf den Knien)* Königin,
Mitleid, ein einziges Wort! Wenn jetzt die Tür aufgeht und der
Henker hereintritt, bin ich verloren!

5. Szene

Der Henker ist durch die Mitte aufgetreten und stößt das Schwert auf den
Boden. Roswitha schreit auf. Die Frauen fahren auseinander und stieben
davon.

Henker Seid gegrüßt, Königin!

Roswitha Was schleicht Ihr mir nach auf Schritt und Tritt? Was
wollt Ihr von mir?

Henker Ihr laßt Goldspuren zurück, wo Ihr schreitet.

Roswitha Ich will nicht, daß man sich mir an die Fersen heftet. Was fürchtet Ihr? Wenn ich fliehen wollte, hätt ich mich längst durch das Fenster hinabgestürzt auf den Pfründhof.

Henker Es freut uns, daß Ihr Euch heimisch fühlt bei uns. Eure erlauchten zärtlichen Finger spreizen sich schon vor Wohlbehagen.

Roswitha Warum weicht Ihr mir nicht vom Leibe? Warum begafft Ihr mich?

Henker Das dürft Ihr nicht übel nehmen. Laßt Euch das nicht verdrießen, gnädige Frau. Das ist so Henkersnatur.

Roswitha Kommt mir nicht zu nahe! Wenn Ihr mich hinnehmt, was habt Ihr davon?

Henker So fragen die Jungfern und Betthäsinnen. Ihr seid etwas Besseres.

Roswitha Ihr seid mir ein Grauen. Laßt mich allein. Oder ich rufe nach Barbiano. Ich bin bestimmt für die Herren, nicht für die Knechte.

Henker Was Herren und Knechte! Ich bin der Riese. Ich bin der Erhabne! Ich bin die heimliche Lehre vom blutigen Menschenopfer. Sie hängen an mir wie die Knäblein. Sie saugen die Worte von meinem Mund. Wir stehen auf du und du, die Herren und ich.

Roswitha Ich werd Euch verklagen bei Ser Barbiano. Ihr lästert die Messe. Ihr höhnt das Fronleichnamsfest.

Henker Derselbige Ser Barbiano hat Euch mir anempfohlen zu allerhand Kurzweil, gnädige Frau. Es wird Euch nichts nützen.

Roswitha Ich bin schwach und ungenährt. Ich habe die Nahrung verweigert. Es ist keine Lust.

Henker Man wird Euch zu essen geben Trüffel und Truthahn, Zimmetpasteten und Drosselsalat. Da sollt Ihr sehen, wie Euch die Lust ankommt.

Roswitha Warum bedroht Ihr mich? Ich hab Euch gesegnet und aufgehoben. Ich habe aus Gottes Händen die Frucht gerissen, die Euch den Gaumen letzte.

Henker Es macht einen guten Spaß, eine nackichte Seele zu quälen.

Roswitha Wir haben Gemeinschaft gehabt mit Franz von Assisi und von dem Antichrist. Ich habe Euch Rede gestanden von Franz von Assisi und von dem Antichrist. Ein Gelübde ist zwischen uns. Eine Seelengemeinschaft. Wir kennen die Schlange und kennen den Adler. Wir wissen die Kerzenleuchter beim Jüngsten Gericht!

Henker Was schiert mich ein Bettelmönch und der Antichrist! Ich bete zum Behmot und Ischtarod. Ich hänge den Hals und die Hände ins Feuer und bete zu den verketzerten Adamiten, die nackicht ihrer Natur nachgehen.

Roswitha Ihr habt mich gefragt nach dem Königtum. Da lagt Ihr mit einem Aufschrei mir vor den Füßen. Da seid Ihr zerknirscht gewesen. Da habt Ihr Eure Stirne wie ein Metallgefäß auf den Boden geschlagen! Ihr müßtet Euch selbstbeflecken. Warum begehrt ihr mich?

Henker Was ein Henker ist, hat seine Philosophie. Da hat aus den Juden einer die Hostien vergiftet. Da hat eine Kindsbetterin ihre eigene Geburt verzehrt. Da hat ein blutjunger Fant seinen Meister erschlagen, die Zunfttruhe ausgeraubt und die Bücher verbronnen. Der Richter sagt: schuldig. Der Henker sagt: weg mit dem Juden, weg mit der fräßigen Kindsbetterin, weg mit dem Raubgesindel. Und spricht zum Teufel: es ist umsonst, daß du die Hostien schändest und Kinder frißest und Truhen aussäckelst. Ich muß dir den Kopf abhauen. Es ist umsonst, daß du Finten ersinnst und Schlupfwinkel aufsuchst. Ich treibe dich über die Ebene. Es ist umsonst, daß du aufrebellst und Verräter schreist, großer, schöner hochmütiger Teufel! Der Richter sagt schuldig. Da gibt's nichts zu fackeln.

Roswitha Ich verstehe kein Wort.

Henker Ihr seid teufelsbesessen. Der Richter sagt schuldig.

Roswitha Kommt mir nicht nahe! Es ist eine Krankheit. Ich kenne Euch gut. Ihr seid nicht verdorben von Anbeginn. Ihr seid nur zerrüttet. Ihr habt Euch mit Hochmut getragen, da ward Ihr verworfen. Ihr habt Euch mit Dirnlein und Huren getrieben. So sehe Euch Gott in die Augen und mindre das Laster. Alles ist klein und ein Spiel und ein Tand. Was einer sündigen kann, das kann ihm vergeben werden!

Henker Ich habe auf Gott studiert, um's ihm abzulisten. Wer auf den Augen schielt und ein Bastard ist, der weiß Bescheid. Ich habe die Köpfe vor Wut und Brunst auf meinem Schwert tanzen lassen wie scheckichte Narren. Ich habe mich wider die Ordnung gestemmt. Ich habe Erlösung erbettelt, um auszuprobieren, was Er *(mit einer Geste nach oben)* vermag. Ich habe einen schwunghaften Handel getrieben mit Jungfernhäutlein. Die Theologie zu Bologna kann ihre Scharteken drein binden. Was sagt Ihr dazu?

Roswitha Ich sage, daß Ihr vermummt und verkleidet kommt. Daß Ihr die Scham in Euch einschließt, wie man den Rosenkelch mit den Händen einfaßt. Ich sage Euch, daß ich Euch liebe. Ich sage Euch auch, daß Ihr leidet. Ihr reißt Euch die Därme blutig und schreit nach der Reinigung. Ihr lästert und ketzert und Ihr verzehrt Euch! Ihr neigt Euch wie ein Betrunkener zu meiner Seite, die der Berührung flucht.

Henker Hei, wie sie zittern und lügen alle! Ihr könnt ja den Schleim nicht mehr schlucken vor Angst! Da kommt Euch die Liebe!

Roswitha Ihr seid groß in der Qual. Ihr seid groß im Kampf. Ihr seid groß in der Schande. Ich liebe Euch. Laßet Euch segnen von mir!

Henker*(lachend, aber mit Anstrengung)* Euch plappert die Angst auf der Zunge. Euch tropft ja der Schweiß von der Stirne. Da versucht Ihr's mit Liebe. Und wollt mir entgehn. Doch Ihr seid mir verfallen. Ihr lügt nicht mehr. *(er geht auf sie zu)*

Roswitha Hilfe! Zur Hilfe! Ich schreie nach Ser Barbiano!

Henker Seht Ihr, Madonna, ich hab mir's erwogen: Fluch von Königinnen ein Himmelslabsal. Unzucht eine Leibesübung. Unzucht auf Tischen und Bänken. Unzucht zu zwein, zu drein und allein. Unzucht vor Spiegeln und Pfaffen und Rechtsgelehrten.

Roswitha Ja ja, ich hab dich betrogen, du Tier! Ich habe Barbiano, die Stadt und euch alle betrogen!

Henker*(unbändig, schweigt)*

Roswitha Ich hin nicht die Königin, sie ist die Königin!

Henker Du bist nicht die Königin? Sie ist die Königin? Welche denn, wenn man's erfahren darf?

Roswitha Sie, die da drinnen, sie selbst ist die Königin!

Henker Hallo, heraus mit Euch, Ihr da, da drinnen! Wer ist die Königin, Ihr oder sie?

Roswitha Sie dort, sie ist es! Reißt ihr die Kleider vom Leib! Stellt sie an [den] Pranger! Dehnt sie und streckt sie! Sie hat Euch getäuscht und betrogen!

Margarete Ich heiße Roswitha. Ich bin eine einfache Rittersfrau. Ich weiß nicht, was Ihr begehrt von mir!

Roswitha Ihr sollt nur gestehn und bekennen! Ihr sollt nur hervor aus der Dunkelheit! Ich verweigre Gefolgschaft!

Margarete Herr, sie ist toll! Sie ist die Königin! Was will sie von mir? Das weiß jedes Kind, ich habe für sie Gefolgschaft geleistet als eine von den drei Frauen, die mit ihr gefangen wurden. Sie will mich bereden, daß ich es auf mich nehme. Es glückt ihr nicht.

Roswitha Das verfängt nicht mehr, Königin! Ich zieh Euch hervor aus der Dunkelheit. Ich hebe den Stein auf, drunter Ihr sitzt. Ich reiß Euch die Larve herunter. Ich habe die Wollust, Euch aufzudecken.

Margarete Herr, ich kenne sie nicht! Nach Eurem Gewand zu schließen seid Ihr der Stadtprofoß und der Wirt hier im Hause. Laßt Euch nicht übertölpeln. Laßt Euch nicht auf ihr Spiel ein. Sie äfft Euch mit Gimpelworten und möchte entkommen.

Roswitha S i e ist die Gemahlin Heinrichs von Lützelburg! Geht ihr doch nach, untersucht sie! Wir haben die Kleider vertauscht, am Kreuzweg, als Barbiano uns überfiel. Ich hab ihr Gefolgschaft geleistet und Zumbeldienst.

Henker Vielleicht daß keine die Königin ist! Vielleicht daß es gar keine Königin gibt!

Roswitha Es gibt zuviel Königinnen, die Mägde sind!

Henker Also genug: ich habe die Wahl. Ich kann mir nun wählen ganz nach Begehr! Je nun: ich halte mich lieber an sie *(auf Roswitha deutend)*, an diese da, die mir die wirkliche Königin scheint. Seht ihr, erlauchte Frau *(das spricht er zu Margarete)*, ich hab einen Preis gesetzt auf die Königin. Auf die Seelenkönigin, wenn Ihr so wollt. Ich hab meine Seele verbunden mit dieser da. Weil sie die Schönere ist. Zwar leugnet sie's ab und schickt mich zu Euch. Was soll man da tun? Sie haßt und verabscheut meine Gestalt. Sie will nicht Königin sein, sie haßt mich, weil ich ein Blutgeschwür auf der Stirne habe. Weil mir der Kopf etwas schief ausfiel. Sie hat eine Abhorrenz wider Häßlichkeit. Ihr würdet nicht soviel Umstände machen. Ich weiß. Da muß man annehmen, daß s i e die Königin ist. Sie haßt meine Seele, weil ich vom Pofel komme. Was kann sie dafür, daß sie hassen muß? Mir ist sie wie ein Gebläse aus Glas, das durch vielfaches Feuer ging. Höchst königlich. Mir ist sie schlank und voll süßen Getöns gleich den Orgelpfeifen im Dom San Sebastian. Ich hab einen Narren gefressen an ihr und will meine Narrheit noch übertreiben. Ihr möget die Königin zehnmal sein, vieledle Frau, sie ist mir die bessere Königin. Sie will ich haben. Ich gebe die Mahlzeit hin und ein Stück meiner Zunge, wenn sie sich beugen wollte vor mir und mir die Hände küssen.

Roswitha Mach es kurz! Nimm mich hin!

Henker Küß mir die Hände, dann will ich dich nehmen.

Roswitha Deine Hände sind mir ein Grauen. Eher zerschlage ich mir den Kopf auf dem Boden.

Henker Wenn du die beiden Hände mir küssest, will ich dich nehmen.

Roswitha Nimm mich, mach's kurz! Ich reiße den Scharlach von deinem Leib!

Henker Erst sträuben sie sich. Dann verführen sie!

Roswitha(küßt ihm die Hände) Du, o du, was quälst du mich so?

Henker(trägt sie hinaus) Es soll kein Härlein an deinem Leibe sein, das nicht von Feuer tropft!

6. Szene

Barbiano, der Bube und Herbolo kommen von rechts. Herbolos Gewand ist schwarz. Er ist gebunden. Den Strick hält der Bube. Zuerst kommt Barbiano herein, dann der gebundene Herbolo. Als letzter der Bube. Barbiano setzt sich auf einen Stuhl. Humoristisch, forciert.

Barbiano Tritt näher, mein Sohn! Du also bist Herbolo, der von Polhaim. Du also bist der berühmte Knecht, der seines Königs Gemahlin freite auf ihrer Stammburg und sie beschlafen mußte an Königsstatt, nichts als ein Schwert zwischen beiden?

Herbolo Ich bin es.

Barbiano Ihr habt verfängliche Sitten auf euren Nebelburgen. War das ein scharfes Schwert? Verflucht, ein andrer als du, wär drüber gesprungen über das Schwert. Du also bist dieser selbige.

Herbolo Ich bin es.

Barbiano Dann hat dich ein schlechteres Los getroffen als deine Väter. Die zogen nach Tunis, Damaskus und Jericho. Du mußt ein zweischneidig Beilager führen und Freudenhäuser abstöbern.

Herbolo Du bist Francesco Barbiano. Dich kennt man unter den grellen Teufeln an deinem vom Hohn zerrissenen Maul.

Barbiano Ihr seid also hergekommen, mein Freund, um Eurer Frau Königin aufzuwarten! Warum verkappt Ihr Euch da und geht in der Maske? Man kann Euch ja kaum noch erkennen!

Herbolo Ich bin gekommen, um der Madonna von Brescia, die eine Lustfrau ist, auf ihr stinkendes Lügenherz zu spucken. Darum bin ich gekommen.

Barbiano Mein Gott! Was seid Ihr ein Lästermaul! Wenn Euch ein Pfaffe hörte! Ihr seid ja noch schlimmer als Simon von Tournay und Walter von Avignon! Wenn Ihr aufs Gnadenbild spuckt, dann ist es ja aus mit Euch! Dann seid Ihr ja ewig verloren!

Herbolo Euer Hohn ist läppisch! Ihr seid ohne Salz und Mark!

Barbiano Ich verstehe Euch schon! Am liebsten möchtet Ihr jetzt Eure Königin nehmen und huckepack mit ihr über die Stadtmauer setzen! Da habt Ihr auch recht. Es fehlt hier an Kurzweil! Wie hoch beiläufig springt Ihr im Anlauf? Kotz Element! Ich bin noch nie so gefesselt gewesen! Was machen die Hände denn, wenn sie so lahmgelegt sind? Den ganzen Tag Vaterunser beten? *(der Bube lacht)*

Herbolo Ihr habt gut spotten, wenn ich gebunden bin!

Barbiano Was spotten! Nehmt Platz, Messer Herbolo, Ihr müßt ja doch müde sein! *(Der Bube zerrt an der Fessel. Herbolo fällt auf eine Sitzgelegenheit. Herbolo will auf, wird aber von dem Buben wieder nieder gerissen.)* Ferruccio, bind deine Schnur an den Pfosten und sieh doch einmal, wo der Henker steckt! Schön von Euch, Ritter, daß Ihr uns aufgesucht habt. Das wird die Frau Königin freuen! Schade nur, daß wir die letzten Tage mit Kriegslärm so überladen waren! Der Rat der Stadt Brescia –

Herbolo Der Rat der Stadt Brescia kann uns –

Barbiano Verstehen, verstehen. Ihr bringt uns die gnädigsten Grüße von Heinrich dem Lämmerlingskönig. Er soll ja schon räß unterwegs sein, der König, mit Rossen und Reisigen! Gnädiger Herr! Doch er hat seine Not! Das ist ein Gezerre mit diesen bocksbeinigen Städten! Da hat eine jede den eigenen Kopf und will sich nicht ducken. Die hiesigen Geigenmacher und Salbenverkäufer sind von den Schlimmsten! Endlose Wirren, Skandal und Gezeter! Zuletzt fängt einer die Königin weg und steckt sie ins Frauenhaus!

Herbolo 30 000 zu Fuß, 8 000 zu Roß! Wir werden euch in die Gossen stampfen!

Barbiano Was Ihr nicht sagt! – Wie findet Ihr sonst unser Turmgebälk? Wie unser öffentlich Leben? Was sagt Ihr zum Beispiel zum Frauenhaus? Die Zellenanlage ist neu! Auch das Waschgefäß und die Futtertröge. Ihr könnt Euch sogar eine Vesper leisten im Frauenhaus. Wir danken das Messer Luigi, dem Henker. Die Weiber vom edelsten Welfenadel laufen ihm zu. Wir werden in kurzem, wenn Margarete sich rührt, die verfänglichste Stadt in Italien sein.

Herbolo Du Satan!

Barbiano Das ist kein Schimpfwort! Die Pfaffen versteht Ihr: Verleumdung und Neid! Die Königin braucht nur die Hände zu rühren und überredet damit die dicksten Prälaten. Sie wird überrascht sein, Euch hier zu treffen! Ihr seid ein so inniger Ritter mit Kornblumenaugen. Das liebt sie!

Bube Ser Barbo! Ser Barbo!

Barbiano*(dreht sich um)*

Bube Ich hab sie gefunden!

42

Barbiano Wen hast du gefunden?

Bube Sie beide zusammen. Den Henker und sie. Ich öffne die Türe. Da liegen sie hinter der Treppe und rupfen einander!

Barbiano*(Bedeutet dem Buben hastig: zu schweigen. Stellt sich auf die Zehenspitzen. Der Bube bindet den Herbolo los. So gehen sie grotesk selbander zur Tür.)*

Vorhang.

Dritter Akt

Szene wie im ersten Akt. Über dem Eingang in die Henkerstube schaukelt sich der Kakadu, den der Safranhändler dem Buben geschenkt hat.

1. Szene

Barbara Was stierst du nun vor dich hin und hängst dich an meinen Rock? Ich hab dein Verhängnis nicht gemacht! Ich kann dir nicht helfen!

Henker Was soll nun geschehen?

Barbara Weiß ich's, eine Jungfrau hast du geschändet! Ein unbescholtenes Fräulein, das dir vertraut war, hast du beschmutzt und in Kot getreten!

Henker Es ist alles verloren! Es ist alles aus und vorbei!

Barbara Du brauchst nicht zu heucheln und Fratzen schneiden! Ja, es ist aus mit dir! Du brauchst nicht zu heulen! Das hilft dir nichts. Die heiligen Fürsprecher werden dich mit dem Fuß von der Schwelle stoßen, wenn du heran kommst. Und werden sich die Ohren zuhalten. Kein blinder Hund wird mehr in deine Nähe schnuppern. Du fährst ihm ja mit der Feile über die Schnauze.

Henker Ich hin der Verworfenste! Der Allerverruchteste!

Barbara Ja, setz dich nur hin zu deiner Bibel! Warte nur bis sie dich anklagt am Jüngsten Tage mit offenem Haar und mit kreischender Stimme! Da wirst du dein Handwerk liegen lassen! Da wirst du schon Ausschau halten!

Henker Messer Barbiano hat mich aufgereizt. Messer Barbiano hat mich gehetzt auf sie! Er hat sie hereingesteckt!

Barbara So, Messer Barbo! Schieb nur die Schuld auf andere! Wasch dich nur rein! Das kannst du dem Hahnenverkäufer und deinem Signore Lorenzo erzählen! Die glauben's vielleicht! Aber denen da oben machst du nichts vor! Die kennen die Schliche von deinesgleichen. Das Schönste ist, daß es gar nicht die Königin war, sondern ein harmloses Fräulein!

Henker Barbara hör! Es ist um die Seelenkönigin! Wenn sie verdirbt, so ist alles zu Ende!

Barbara Da war schon manche die Seelenkönigin! Warum bist du über die hergefallen? Warum hast du sie nehmen müssen?

Henker Sie war mir lieb, wie ein Wurf junger Tierlein. Die Wut brach aus. Da schwamm mir das Blut vor den Augen.

Barbara Und i c h soll jetzt trösten. I c h bin jetzt gut genug, weil dich die Angst plagt, sie könnte zum Abhub gehen. Gleich bist du zu Messer Barbiano gelaufen und hast eine Schonzeit für sie erwirkt. Sie soll sich erholen und wieder die Alte sein. Nichts weiter geschehen! Das ist so dein Henkerswitz!

Henker Was sagst du? Was plapperst du da?

Barbara Es ist alles in Ordnung. Du hast deine Arbeit gründlich getan! Die Dirne ist fertig. Es hilft dir nichts mehr! Sie macht's wie die andern. Wenn einer ankommt, sie läuft ihm entgegen! Wenn einer flucht, sie liebkost ihn. Wenn einer zahlt, sie tanzt. Wenn einer gierig wird, grölt sie dazu.

Henker Du lügst nur! Du lügst! Du machst dir ein Hexenvergnügen!

Barbara Du hast sie ja wochenlang sehen können! Du kannst es ja noch! Warum gehst du nicht sehen nach ihr?

Henker Ich will sie nicht sehen!

Barbara Sie hat dich doch eingeladen! Geh doch hinüber zu ihr!

Henker Barbara hör, du sollst mein Geheimnis wissen. Ich hab eine List. Wir sind verworfen beide und beide gottlos. Wir sind von dem Abschaum der Menschen. Wir sind aus des Satans Kot gemacht. Für uns gibt es kein Hoffen. Das Herz ist leer und das Hirn ist leer. Das Hirn und das Herz sind Blasen, mit Luft gefüllt. Wir wollen den Herrgott am Ärmel zupfen. Wir wollen ihn auf uns aufmerksam machen. Wir wollen von hinten ihm nahe kommen. Wenn wir ihr helfen, muß er aufmerksam werden auf uns. Wenn wir ihr Freiheit schaffen, muß er uns Gnade gewähren und anerkennen.

Barbara Ich habe nichts Schlimmes getan, daß ich den Kopf vor ihm beugen muß!

Henker Er macht ein Gewitter, da liegen wir alle am Boden. Er schickt eine Krankheit, da bersten die Siechenhäuser. Er baut eine Kirche und allesamt sündigen wir.

Barbara Das ist ein großer Herr! Aber ich brauche ihn nicht!

Henker Hör mich jetzt an. Da ist einer gekommen vor Wochen. Der ist ihr Verlobter.

Barbara Warum ist er hierher gekommen? Der wäre auch besser geblieben.

Henker Herbolo heißt er.

Barbara Den Messer Barbo verworfen hat?

Henker Sie war seine Seelenbraut. Da hat's ihn im Feld nicht gehalten. Da ist er hierhergekommen.

Barbara Also den sollen wir auch heraus lassen?

Henker Er muß uns behilflich sein. Dann wollen wir dreie den Strick anziehen. Vielleicht daß noch ein Tor aufspringt, das uns einläßt.

Barbara Wie soll denn das sein?

Henker Wir holen den Ritter heraus aus dem Kellergewölbe. Wir geben das Fräulein dazu. Hinaus damit vor die Stadt, und Rosse dazu und Futter für Stücker drei Tage. Dann sind sie gesichert.

Barbara Du willst auf die Flucht verhelfen? Und wenn ich jetzt gehe und alles verrate?

Henker Du wirst es nicht tun!

Barbara Und warum, wenn ich fragen darf?

Henker Weil du ihr neidisch bist! Weil du frohlockst, wenn sie draußen ist! Wir schieben's dem Ritter zu. Wir sagen, daß es ein Streich in der Nacht war. Der Ritter kann's auf sich nehmen!

Barbara Und die Belagerung draußen? Es ist doch jedes Tor besetzt!

Henker Zur Nachtzeit, wenn ein Tumult entsteht, am Badewinkel, wo die Lederer ihren Standpunkt haben; da bringen's wir fertig.

Barbara Wenn du ihr Halsband bringst und die Krone dazu und ihr Gewand mit den Litzen! Dann laß ich sie laufen!

Henker Wie soll ich ihr Halsband nehmen oder sie schreit? Aber sie hat einen Schmuck versteckt. Sie hat ein zitronenfarbenes Hemde. Das will ich dir bringen.

Barbara Ich will das Halsband haben; den Strohkranz kann sie behalten! *(Barbara ab)*

2. Szene

Barbiano tritt auf mit zwei Buben, die an der Tür bleiben.

Barbiano Pax vobiscum! Was gibt es Neues?

Henker Ein Zerrwolf sitzt mir im Magen. Ich habe Speck auf grüne Bohnen gegessen. Ein Bottich voll Hader und Zank und lauter Verdruß.

Barbiano Laß dir von einer Geburtsfrau helfen! Hast du das Weibergeheul auf der Straße gehört? Was sagst du dazu?

Henker Weiber sind mir zuwider, Herr! Das wißt Ihr! Sie sind übler als die Schacherjuden. Alles muß man bezahlen. Sie sind nichts wert und treiben die Preise. Sie treiben die Preise bis man den Bankrottiererhut auf dem Kopf hat. Dann greifen sie zu und machen kurzen Prozeß und stecken den ganzen Bettel in ihre Tasche. Ich will nichts mehr hören davon.

Barbiano Mach keinen Weihrauch! Laß das Gerede! Sie schreien und kreischen und holen mich von der Mauer herunter: ich soll ihnen die Frau herausgeben, die wir in Obhut haben. Was sagst du dazu?

Henker Man sollte sie peitschen ein wenig. Man sollte ihnen ein wenig mit der Peitsche zusprechen. Laßt einen mächtigen Zaun aufführen um diese Herde, Herr, und gebt ihnen die Peitsche.

Barbiano Sie sagen, unsere Frau von Burgund ruiniere den Hausstand, den Staat, die Familienbande! Die Preise seien zu hoch. Der Kindersegen gehe zurück.

Henker Da haben sie recht! Alles Geld, das Ihr einnehmt, fließt in die Kriegskasse. Aber wollt Ihr Babylon erobern? Alles was billig ist, Herr: woher sollen die alten und jungen Herren die Gelder nehmen, wenn sie schon 40 000 Floränen hereingeschleppt haben? Da greifen sie das Besitztum an und machen die Weiber wütig. Unsere Königin hat die Stadt Brescia ausgesaugt wie eine Kreuzspinne, Herr. Man sollte ein Ende machen damit.

Barbiano Die Weiber sind niederträchtig und resolut. Sie sagen, sie müsse entfernt werden oder sie würden mit einer Gewalt von Feuerhaken, Küchenlöffeln und Klystierspritzen unsre Behausung stürmen.

Henker(*am Fenster*) Pflastersteine haben die hochmögenden Frauen in ihren Händen! Monna Maria hat einen Pflasterstein in der Hand! Das ganze Rockregiment von Brescia ist versammelt!

Barbiano Belagert von innen und außen! Da soll einer nicht den Verstand verlieren! Also was soll man da tun?

Henker Je nun, das ist schwer zu sagen! Nehmt die Knechte herunter für fünf Minuten und lasset die Weiber hinter den Kochofen jagen!

Barbiano Heraus damit, wenn du was weißt!

Henker Mein seliger Vater gab mir den Rat, nie ja oder nein zu sagen!

Barbiano Dein seliger Vater soll sich nicht in Dinge mischen, die ihn nichts angehen! Was soll mit den Weibern geschehen? Sie sind einmal da und man braucht sie! Was soll man da tun?

Henker Überlegt doch, Herr, ob es nicht besser wär, ihr den Laufpaß zu geben. Es wär auch verdienstlicher.

Barbiano(*kratzt sich den Kopf*)

Henker Wir machen die Pforten auf und lassen sie hinaus!

Barbiano Wir haben ihr die Pforten bereits geöffnet und sie ist immer noch da!

Henker(*kratzt sich am Kopf*)

Barbiano Hast du sie in die Kandare genommen?

Henker Ja, Herr, das tat ich. Sie hat sich gesträubt, gestammelt, gebetet und hat mir die Pforten verrammelt.

Barbiano Was ist dann geschehen?

Henker Man ist ihr auf den Leib gerückt. Da tat sie sich ergeben müssen. Sie hat eine Kniebeuge gemacht.

Barbiano Warte nur ab, mein Lieber! Es rächt sich auf Erden! Es werden auch deine Laster gerochen werden!

Henker Herr, Ihr schweift ab!

Barbiano Du hast recht. Gib Antwort!

Henker Herr, wir wollen ihr die Freiheit geben! Die Freiheit ist da die beste Lösung.

Barbiano Wie denkst du dir das?

Henker Wir lassen sie hin vor die Stadt. Wir befördern sie weg mit Glockengeläut. Wir empfehlen ihr Heil der Obhut des Königs und ihrem Ritter im Kellergewölbe. Keine Verwendung mehr und mit Dank zurück. So ziehen wir uns am besten aus der Gelegenheit. Und der Zorn Gottes wird schwächer sein als wir uns denken.

Barbiano Warum willst du die Königin eigentlich los sein? Gewissensbisse?

Henker Ihr habt sie bevorzugt, Herr. Das lassen die andern sich nicht gefallen. Da habt Ihr nun diese Weiberrevolution.

Barbiano Und der Ritter? Was soll man mit dem anfangen? Soll man das Stadtwappen dem auf das Sitzfleisch brennen und ihn mit laufen lassen?

Henker Herr, lasset die Rohheit auf Seiten Eurer Feinde sein! Verfahret glimpflich mit derlei Präpositionen! Der Himmel wird, wenn die Zeit kommt, auch seinerseits mit Euch ein Einsehen haben. Was habt Ihr von einer Brandwunde, die Eurem Widersacher auf dem Gesäß brennt? Laßt sie selbander hinaus! Das ist mein Dekret!

Barbiano(*kratzt sich am Kopf*) Ich will dir sagen: ich hab mich entschlossen, sie hier zu behalten. Sie sind mir bei dir gut aufgehoben. Du hast mir ein Auge auf sie, du verstehst damit umzugehn. Auch hast du die Wache unten im Haus. Da kann nichts passieren.

Henker Herr, gebt sie hinaus aus dem Jungfernhof! Mag sie entkommen! Man soll den Teufel nicht reizen. Es gibt Erfahrungen, Herr – da seid Ihr ein Kind! Dieser tut immer das Gegenteil. Man ist nie sicher vor ihm. Kaum ist die Veranlassung da, gleich zeigt er sich ruppig und führt einen Tanz auf. Kaum zupft man ihn, irgendwo, gleich wittert er, daß ein Geschäft auf ihn wartet. Ich will mich in eine Kuhhaut genäht vor das Rathaus stellen, wenn mir was Gutes schwant. Sie hat eine unsterbliche Seele, Herr! Das ist das Gefährlichste, was ein Weib haben kann.

Barbiano Papperlapapp! Ihr habt ein Komplott geschmiedet! Du und die Barbara! Jetzt hab ich's heraus! Ihr habt sie verhandelt. Ihr habt ein Geschäft in Aussicht, ihr beiden. Sie auf der Erde und du im Himmel. Ihr wollt sie los sein. Aber es macht mir Spaß, sie hier zu behalten. Es macht mir Spaß. Es ist eine lustige Sache, wenn drinnen die Weiber zetern und draußen die Balken krachen. Hol deine Königin her, damit ich sie mustre! Sie ist ja jetzt Haupt- und Staatsperson!

Henker Herr, sagt im Ernst: was habt Ihr da vor? Ist's nicht genug daß sie gelitten hat und gebüßt vor Euch? Ist's nicht genug, daß sie die schändliche Krone getragen hat? Ist's nicht erbärmlich, daß sie herunterkam bis auf den Henker? Wollt Ihr denn ganz und gar sie zur Dirne machen?

Barbiano Laß dieses Wort aus dem Mund. Davon verstehst du nichts! Das ist ein Stamm Menschen für sich, mit Wonnen und Freuden! Hab ich die Königinnen, hab ich die Menschen gemacht? Ich glaube beinahe, du hast ein Gerüpfel mit ihr und sie wird dir zuviel! Da willst du sie los sein!

3. Szene

Roswitha tritt auf, zynisch und unterdrückt.

Roswitha Was beschäftigt euch, ihr Männer von Brescia?

Barbiano Je nun, wir sind nicht in Verlegenheit. Entweder man treibt etwas oder man hintertreibt.

Henker Je nun.

Roswitha Auf der Straße ist ein Geschrei. Ihr habt euch beraten.

Barbiano Wir danken der Nachfrag. Es ist ein Weibergeschrei.

Roswitha Es ist gut, daß ich Euch treffe, Francesco Barbiano.

Barbiano Sie weiß meinen Taufnamen, Henker!

Roswitha Ihr seid eine Autoritätsperson. Ihr habt Einfluß beim Rat der hochweisen Stadt.

Barbiano Was steht zu Diensten, gnädige Frau?

Henker Seht Ihr, Herr, ein Weib muß man peitschen oder zum Grätschen zwingen. Auch diese hat's darauf abgesehn.

Roswitha Der Henker sucht mir auszuweichen.

Barbiano Es wird ihm nicht glücken, Madonna. Ich habe ihn in der Hand. Und meine Hand ist fest wie ein Torriegel.

Roswitha Ihr lacht mich aus, Barbiano. Aber ich bin nicht gekommen, um mich verlachen zu lassen.

Henker Herr, nun seht an, sie verhöhnt uns.

Barbiano Margarete von Burgund, wir haben ein Mißtrauen gegen Euch. Wir sagen's Euch offen. Wir wollten Euch zu uns bitten. Da kommt Ihr von selbst. Was habt Ihr für Wünsche?

Roswitha Ich komme, mich zu beklagen, daß ich geschmälert werde. Ihr habt mir ein lustiges Leben versprochen. Ihr habt mich in eine Zelle gesetzt, mir Freunde gebracht und sie weggenommen. Ihr habt mich begehrlich gemacht. Ich bin ein Jungweib und Ihr entzieht mir die Bettgenossen. Ihr suchet mir Pein zu schaffen mit einem beschaulichen Leben. Da hab ich mich aufgemacht und bin hergekommen.

Barbiano Das ist ehrlich gesprochen. Das läßt sich hören. Was kann ich tun für Euch?

Henker Messer Barbo, haltet Euch fest am Schopfe. Sie ist gefährlich. Sie stiehlt Euch Eure Gedanken und Pläne.

Barbiano*(zu Roswitha)* Mir scheint, Ihr wollt uns zum besten haben.

Roswitha Ich will meinen Willen haben, drum bin ich gekommen.

Barbiano Potz Sackerment! Wo wollt Ihr hinaus? Aufrichtig gesprochen!

Roswitha Ich bin des Henkers Weib. Er hat mich gezüchtigt, wie man ein Jungweib züchtigt. Er hat mich bezwungen und klein gemacht. Meine Hände zucken nach seiner Gestalt. Mein Kopf ist verwirrt und neigt sich zu ihm wie die Sonnenblumen. Ein Lachen stößt mich auf seine Wege.

Barbiano Das ist eine echte Liebe, Henker.

Henker Herr, sie ist toll geworden. Man sollte sie unter Wasser setzen. Drei Nächte hab ich sie aufgesucht. Da war's eine Qual.

Barbiano Sie glüht und ist schön und voll Farbe wie ein Rosettenfenster am Dom. Was habt ihr wider einander?

Roswitha Ich klage ihn an, Herr, daß er mir treulos ist.

Barbiano Woher habt Ihr ein Vorrecht auf ihn?

Roswitha Er hat mich genommen und hat mich verlassen.

Barbiano(*zum Henker*) Haariger Teufel, gib Antwort! Hast du dies herrliche Weib genommen und wieder verlassen?

Roswitha Er will nicht kommen zu mir. Er hat mich genommen und liegen lassen.

Barbiano Porca Madonna, was höre ich da?

Henker Ich hab Euch gesagt, Messer Barbo, Ihr sollt mich nicht hetzen auf sie! Da hat sie den Schaden davon.

Barbiano Hab ich verlangt, daß du Unglimpf tust. Ist sie nicht schön und verlockend, schlank und verläßlich? Was fehlt dir an ihr?

Henker Es war zuviel Zank mit Barbara, Herr.

Roswitha Es sei eine Schonzeit, die Ihr erlassen habt. Da dürfe kein Freund mehr zu mir kommen auf einige Wochen.

Barbiano Schlingel, vertrackter! Und spricht, man müsse Euch schonen aus Mitleid, sonst ginget Ihr ein.

Roswitha Und machte sich rar und reizte mich, daß ich den Pfosten kratzte und meine Bettstatt liebte. Und er kam nicht.

Barbiano So ein Schlingel nichtsnutziger! Er gab Euch die Krone und war Euch zu willen! Nun widerruft er die Liebe!

Roswitha So ist es, gnädiger Herr. *(immer überlegen)* Ich lache und schluchze nach ihm und er verachtet mich. Er spricht von Geschäften und will mich vertrösten, und liebt eine andre.

Henker Hört sie nicht an, Herr! Sie ist wirr im Kopfe vor Mannstollheit und Verbissenheit. Seht, wie sie dasteht! Eine verdonnerte Katze! Man könnte sich fürchten vor ihr. Man sollte sie in ein Wasserbad stecken.

Barbiano Ich sehe schon klar. Du hast einen Affenstreich vor mit ihr!

Henker Herr, seht wie sie dasteht und lächelt! Man kann jetzt machen aus ihr, was man will! Man kann einen Engel machen und kann einen Inkubus machen. Herr, laßt's Euch erbarmen!

Barbiano Vorher hast du gesprochen, als käm es dem Stadtwohl zu gut. Und hast mir Schellen ans Ohr gebunden!

Henker Herr, nehmt Euch in acht: Nie war ein Weib so gefährlich, als jetzt wie sie dasteht und ihr Begehren vorträgt! Es ist eine jüdische Angst in mir! Hört sie nicht an. Greift sie, über die Mauer damit, und schafft sie hinaus! Ich hab eine Wittrung davon: sie ist schlimmer als Pest und Ratten und Blutschwamm.

Barbiano Nichts da: du willst sie um Liebe verkürzen. Du bist ein bestallter Gestütknecht. Du hast eine Obligation.

Roswitha Ich danke Euch, Herr!

Henker Herr, Herr! Sie hat uns verklagt beim Behmot! Sie hat uns mit Wut bedacht! Sie hat es auf unsre Urständ abgesehn! Sie will uns verderben!

Barbiano Ich hab dir gesagt, daß sie bleibt! Du wirst ihren Kummer beheben. Du wirst kein Gefackel machen. Ist es am Platz und Anstand, daß eine Königin betteln muß um ein Liebeswort?

Henker Da mögt Ihr recht haben, Herr!

Roswitha Herr, Ihr seid gnädig. Ich will eine Muschel aus Wachs der Jungfrau opfern. Ich will Euren Namen flüstern, wenn er mich aufsucht. Ich will meine Arme um ihn schlingen, als tät ich's für Euch.

Barbiano Mach daß du fortkommst, Dirne! Mach, daß du weiter kommst!

Henker Herr, laßt sie völlig ziehen! Wir haben zu lange gesündigt an ihr! *(Barbiano bricht mit einer Geste die weitere Verhandlung ab)*

Roswitha Ah ah, der Henker ist mein! Der rote, rasende Henker! Er hat mich gebeugt und niedergeworfen! Er hat mich in das Gesicht geschlagen! Er hat mich gepflügt und mit Rosen besteckt! Er hat mir die Lippen zerrissen! Er hat jeden Winkel an meinem Leibe geküßt! Er hat mich den Hähnen genommen und hat mich den Stieren gegeben! Er hat mit den Lippen über mein Herz geschaufelt!

Henker Herr, o Jammer! Seht, wie sie verworfen ist!

Barbiano Holla, Madonna! Wir spielen Feierkomedy! Begebt Euch zu Bett und vergeßt, wo Ihr seid!

Roswitha Ich habe zu lange gefastet, Herr. Ich habe den Besen gesattelt, die Katzen geschirrt und den Bock gestriegelt. Ich möchte zum Sabbat reiten!

Henker Herr, o Herr, und sie war so schön!

Barbiano Weg damit und hol mir die Barbara her!

(Der Henker mit Roswitha ab. Barbara herein von der anderen Seite)

4. Szene

Barbiano*(in bester Laune)* Es wird nichts draus werden, Barbara! Sie schäkert mit Eurem Gemahl und wir müssen ihr willens sein! Wir haben's ihr zugelobt!

Barbara Sie hat ja ein Vorrecht auf den Profossen! Wenn ich Euch dienen kann, Herr?

Barbiano Macht keine Schneckentänze! Es hilft Euch nichts! Sie bleibt hier und der Henker versorgt sie! Ich hab's ihr versprochen!

Barbara Messer Barbo trifft immer das Richtige!

Barbiano Macht keine Expeditionen! Es ist umsonst! Ihr habt Euch den Schmuck versprochen und die farbigen Fetzen, die sie am Körper hat. Ihr werdet verzichten müssen.

Barbara Der Henker hat Mucken im Kopf. Nehmt Euch in acht, Barbiano! Vielleicht übersteht er's nicht, wenn sie die Schuld vor ihm herträgt.

Barbiano Was ist an dem Henker? Wir finden zehn andere! Man kann ihn entbehren! *(der Henker kommt zurück)* Alles besorgt? Nun haltet gut Haus, und verzankt euch nicht! Wir werden uns wiedersehn! *(Barbiano ab)*

5. Szene

Von draußen Belagerungsdonner

Barbara Schon wieder der Donner und das Geschieße! Das lumpige Gezittere! Man kann sich kaum auf den Füssen halten dabei.

Henker Sie graben und wühlen. Sie werfen die Häuser zusammen. Sie legen Breschen und nagen die Stadt an. Sie möchten sich gerne ins warme Quartier eintun.

Barbara Hosensch... sind sie! Und Barbiano nicht besser! Erst zetteln sie etwas an. Dann stecken sie drin wie die Mucken im Leimtopf.

Henker Henken möchten sie allesamt. Der Papst möcht henken. Der König möcht henken. Barbiano möcht henken. Henken möchten sie alle mitsamt und einander den Kopf abhauen. *(ein starker Stoß)*

Barbara(lacht erschrocken) Sie werfen das Haus uns über dem Kopf in Scherben! Die Teufel! *(andauerndes Bombardement)*

Henker Das Henken scheint ein ergiebig Gewerbe zu sein! Und ein abgekürztes Verfahren. Das macht es empfehlenswert. Wenn alles nichts nützt, dann kann man noch henken!

Barbara Warum stehst du nicht auch auf der Mauer? Wir können hier zittern und torkeln. Du lungerst herum wie ein kranker Hahn.

Henker Das sind Messer Barbos Geschäfte!

Barbara Du wirst noch ein Narr mit deiner roßhaarigen Königin! Was willst du denn jetzt beginnen mit ihr? Was bist du denn noch, wenn sie am Leben bleibt! Einsperren kannst du dich lassen mit ihr und ihr Zumbeldienst tun! Deine Frau Potiphar kannst du sie nennen! Kannst auf der Himmelsleiter die Sprossen zählen! Oder auf der Galgenleiter! Hast ja noch nicht genug von der Seelenkönigin! Schick sie doch fort, wenn du kannst! Aber du kannst sie auch dabehalten! Nur zieh keine zottigen Kleider an, sonst hängt sie dir dran!

Henker Was soll ich denn tun! Was soll ich anfangen mit ihr? Sieh, Barbara, sprich! Mir stehn Leib und Seele in Flammen!

Barbara Der König henkt! Der Papst henkt! Die Stadt henkt! Barbiano henkt! Allesamt henken! Henk, Henker!

Henker Ich kann sie nicht henken. Da steht Barbiano davor. Ich kann sie nicht hier behalten. Da steht das Gewissen. Ich kann ihr nicht helfen durch Zuspruch und Freundlichkeit. Da ist sie verdorben und hört nicht mehr.

Barbara Die Pest henkt. Der Krieg henkt. Der Pfaff henkt. Der Papst henkt. Henk, Henker! Du kannst sie ja henken! Es ist ja dein Amt.

Henker Immer nur henken und Henker bleiben! Der Sohn wird Henker. Der Vater war Henker. Die ganze Welt [ist] ein blutiges Haus.

Barbara Du kannst ja den Possentramp machen und ihnen zu willen sein! Du kannst ja aufs Stänglein hocken und Antwort geben, wenn du gefragt wirst! Es ist ja deine Sache. Du kannst es ja tun oder bleiben lassen!

Henker Ich habe gehenkt an die neunhundert Menschen. Ich bin müde das Handwerk. Ich will nicht mehr henken. Ich weiß, was es heißt zu henken. Ich will nicht mehr Blut an mir haben. Ich will mich erhöhen. Ich will abtun die Gräuel und das ganze Geschäft. Ich will atmen mit den Erwählten und Seligen! Mein Kleid ist voll Blut. Das Haus ist voll Blut. Die ganze Welt ist ein Aderlaß. Ich will in das Hochzeitskleid des Erlösers schlüpfen. Ich will mich verbergen hinter dem Notkleid Christi. Allmächtiger Gott! Ich will Gnade! Ich bin ja erbärmlicher als ein Wurm!

Barbara Hat Barbiano Mitleid gehabt? Hat er auch so gesprochen? Hat er Gnade gegeben? Hat er nicht alles auf dich geladen? Hat er nicht alles auf dich gewälzt? Willst du von diesem dich drücken lassen? Willst du an seinen Verbrechen ersticken? Mach doch die Augen auf! Schaff sie doch weg! Henk, Henker! Du warst ja doch nichts als ein Werkzeug! Jetzt hast du Gelegenheit, ihn zu henken! Leg ihr die Finger an [den] Hals und erwürg sie, dann bist du sie los!

Henker Und das Seelenheil? Und die Seelennot?

Barbara Sie hat dich geärgert. Da hast du sie abgeschafft.

Henker Das ist ein Versteckspiel. Das wird nicht genügen dem da *(mit einer Geste nach oben)*. Das läßt er nicht gelten da droben! Das wird er nicht dulden!

Barbara Was hast du für ein Geplärre mit dem da oben!

Henker Er hat mich berufen. Er muß eine Absicht haben mit mir!

Barbara Er wird eine Absicht haben mit dir! Du kannst ja den Buben fragen! Der soll dir Bescheid tun! *(der Bube ist inzwischen herbeigekommen)*

Barbara*(zum Buben)* Komm einmal her da! Darf man die große feurige Dirne im dritten Gemach, die die seltsamen Reden führt, darf man sie abtöten, wenn sie im Wege steht und Ärgernis gibt?

Henker Soll man sie henken? Soll man sie leben lassen?

Bube Mutter, wir wöllen sie henken, wir wöllen sie henken!

Henker Also wir wöllen sie henken! Wir wöllen selbdritt an das Handwerk gehen! Weibsvolk, ziele dich zurück und hol sie herein! Gesell! Stell Wasser bereit und bleib in der Nähe!

(Barbara und der Bube ab. Von der entgegengesetzten Seite Roswitha)

6. Szene

Roswitha*(mit allen Verführungsreizen, stoßweise, getrieben)* Sie sagt, du wartest auf mich und du sehnst dich nach mir. Warum kommst du nicht?

Henker Je nun, ich wollte schon kommen. Da haben mir meine Füße den Dienst versagt.

Roswitha Du bist grausam und wild. Du bist wie ein störrischer Baum in der Nacht. Aber du lockst mich. Da hab ich mich aufgemacht und bin zu dir gekommen. Du kannst mich nehmen so wie ich bin!

Henker Ich begehre dich nicht. Ich schlage ein Kreuz vor dir. Weiche zurück. Ich habe kein großes und kleines Gelüste nach dir. Ich bin hart wie ein Bolzen. Es ist umsonst. Ich habe gebetet. Du hast keine Macht mehr über mich. Ich wanke nicht mehr.

Roswitha Du hast mich aber vor Zeiten begehrt. Da hab ich mich aufgemacht und bin zu dir gekommen.

Henker Ich habe dich niemals begehrt. Ich habe Erlösung begehrt. Ich habe nach Gott geschrien und nicht nach dir. Du bist ein Gespenst und ein Fetzen. Ich sehe dich nicht.

Roswitha Du hast mir aber gesagt, daß ich schön bin. Auch hast du mich kommen lassen. Also begehrst du mich?

Henker Der Teufel hatte ein Blendwerk vor. Da hat er dich schön gemacht zum letzten Mal und hierher geschickt. Da hat er dich noch einmal aufgeschminkt und dich hereingeschoben. Doch es wird ihm nicht glücken. Du bist mir ein Grauen.

Roswitha Da muß ich die Brüste entblößen. Da muß ich den Henker verführen, wenn er sich sträubt und sich von mir kehrt!

Henker Ich beiße die Lippen zusammen und sehe und höre dich nicht und rufe dir zu: es ist abgestorben in mir. Es brennt nur noch himmlisches Feuer in mir!

Roswitha Du stehst ja geblendet wie Saul! Du hältst ja die Hände vor deine Augen! Bin ich so schön? Versteckst du dich nur? Bin ich so üppig, daß du dich fürchtest? Bin ich so gleißend, daß du den Schatten suchst, und die Augen verdeckst? Wo ist denn der Henker, der Bilder türmte von Gott und den Himmelspalästen? Wo ist denn der Henker, der Gott und mich selber in einem anbetete? Der einen Lobgesang ausgehen ließ auf die Schönheit? Der keine Worte mehr fand und vor Inbrunst sich krümmte? Der stammelnd nach Franz von Assisi frug und nach dem Luzifer – Antichrist?

Henker Hab ein Erbarmen mit mir! Ich muß dich abtöten! Du bist eine Hure geworden!

Roswitha Der Henker ist hagestolz! Der Henker geht flüchtig! Er hat sich der Liebe entwöhnt! Soll ich die Bibel herholen und ihm die Geschichte Lots vorlesen? Soll ich ihm Wein eingießen? Soll ich mich dehnen und strecken? Soll ich ihm lachen wie die sarazenischen Weiber lachen? Ich will ihn verführen, was muß ich da tun?

Henker Da mußt du ein völliger Fleischklump sein. Dann töt ich dich ab. Dann erwürg ich dich.

Roswitha Du kannst mir nicht drohen! Du kannst mich nicht töten. Du hast ja noch Hoffnung!

Henker Roswitha, ich habe die Nacht verjubelt mit Lieblingsbuben. Ich habe ein Siechtum davongetragen. Zieh dich zurück.

Roswitha Warum willst du nicht mit mir gehen! Warum suchst du zu lügen? Du hast ja gar keine Lieblingsbuben! Du hast ja kein Siechtum! Ich werde dich schonen! Ich werde dich hegen! Ich werde dein Siechtum an mich nehmen! Da bist du geheilt!

Henker Jungweib, mach dich bereit zu sterben! Mach dich bereit, du hast ausgespielt.

Roswitha Du hast mich selber gerufen! Du hast mich doch selber genommen! Jetzt komm ich und trage mich an und du verstößt mich! Komm in die Zelle! Komm mit! Du hast Angst vor Barbara, aber sie sieht es nicht!

Henker Zähl deine Sünden! Mach deine Beicht! Du hast noch Bedenkzeit.

Roswitha Fürchtest du Gott? Hast du Angst vor ihm? Großer, schöner hochmütiger Teufel! – Lieb ich dich nicht?

Henker*(hinfallend)* Gott o Gott! Wohin führst du mich? Hab ich dich je mißachtet? Hab ich dich je verhöhnt? Hab ich nicht deine Gesetze erfüllt und mich gemüht um dich? Hab ich nicht meine Geschäfte getan in deinem Namen? Hab ich nicht Weihe begehrt und Heiligung? Warum verdirbst du mich? Soll ich dich selbst abtöten in ihr und alles verderben? Barmherziger Gott!

Roswitha Henker rothaariger! Henker langohriger! Fasse mich, halte mich, greife mich doch! *(Barbara kommt herein)* Barbara, Barbara! Sieh nur den Henker! Vormalen hat er geworben um mich! Jetzt ist er verschüchtert und scheu wie ein Mädchen! Sieh nur, wie er daherkommt! Grau und vergrämt! War er auch sonst mit den Dirnen so duckicht? Du mußt es doch wissen!

Henker*(nähert sich langsam)* Nimm dich in acht! Du fährst in die Hölle! Pump dir vom Teufel das Zehrgeld!

Roswitha*(Spiel um Säulen und Stühle herum)* Barbara, sieh, er will mich nicht haben! Er schleicht mir nur nach. Doch er packt mich nicht! Früher, da hat er gedrängt und gezerrt! Da hat er getanzt und gesungen nach mir! Da hat er die Luft gesträhnt als wär es mein Haar! Da hat er mich breit in die Sonne gestellt und mich angestaunt. Da war ich ein Teppich aus Licht und Glut! Jetzt sagt er, ich sei ein Stück Fleisch und er will mich nicht mehr, sondern will mich erwürgen! Er hat es mir selber gesagt!

(der Henker verfolgt sie langsam und mit verhaltener Wut)

Hilf ihn mir fangen, Barbara! Halt ihn mir fest, wenn er an dir vorbeikommt! Wir wollen ihn packen und huckepack tragen und auf ein Bett hinwerfen, ob er noch männlichen Willen hat!

Barbara*(lacht und zeigt ihre Zähne)* So ein Frauvolk, gelüstiges!

Henker*(bleibt stehen, matt)* Ich kann nicht henken. Ich will nicht mehr henken! *(Das Schwert, das er inzwischen ergriffen hatte, fällt ihm aus der Hand. So torkelt er weiter gegen sie hin)*

Barbara*(hetzend)* Er ist von den neckischen Teufeln einer, die ewig geprellt sind! Er hat's mit der Keuschheit und Seelennot! Er hat kein Gebiß und kein Gift und kein Horn!

Roswitha*(übermütig)* Barbara, komm, wir wollen ihm Weiberweis lehren! Wir wollen ihn stierig machen! Er hat es verlernt! Wir wollen ihn ziehen und zerren! Wir wollen ihm über die Kappe springen! Wir wollen ihn prellen!

Henker*(Hat sie mit einem mächtigen Satz an der Kehle gepackt , erwürgt sie im Handumdrehen und wirft sie beiseite. Dabei spricht er.)* Weg mit dem Juden! Weg mit der Dirne! Weg mit der fräßigen Kindsbetterin!

7. Szene

Der Bube kommt herein.

Barbara *(rasch und unterdrückt)* Man muß sie vergraben! Man muß sie hinunterschaffen!

Bube Die babylonische Hure ist tot! Wir schaffen sie in den Keller hinunter! Wir binden sie ein in das Stroh! Da nimmt sie der Fuhrmann mit!

Barbara Bist du verrückt! Übers Fenster mit ihr in den Graben hinunter! Da kann sie hinunter ins Lager schwimmen!

Bube Ich hab schon ein Loch gegraben im Keller! Da kommt sie hinein! Was geht sie dich an! Laß los! Gib sie her! *(sie zerren hin und her)*

Barbara Sie kommt in den Graben!

Henker Zieh dich zurück, Frauvolk! Sie bleibt hier! Ich muß sie Ser Barbo zeigen! *(Barbara und der Bube ab. Später wieder hinzu)*

8. Szene

Barbiano tritt auf mit Gesellen und Knechten.

Barbiano Da bist du ja, Henker! Die Königin her! Der Feind ist herin!

Henker Da seht Ihr einen Kadaver, Herr! Den könnt Ihr Euch nehmen! Ich hab ihn Euch aufgespart!

Barbiano Ich habe nicht Zeit für Kadaver! Die Königin her! Wir müssen die Königin haben! *(er läßt die Zellen durchsuchen)*

Henker Die echte oder die falsche?

Barbiano Tot oder lebendig.

Henker Wenn Euch die da die Dienste tut, die könnt Ihr jetzt haben!

Barbiano Laß deine Scherze, die Königin her! Wo steckt sie, zum Teufel?

(Der Henker gibt die Leiche frei. Barbiano erkennt sie.)

Tot, tot? Wer hat sie ermordet? Stangen her, schafft Bohnenstangen hierher! Man muß ihr das Kreuz aufstützen, man muß sie lebendig machen! Wer hat sie ermordet? Man muß ihr die Augenlider festnageln an die Brauen! Holt ihre Frauen herunter! Man muß ihr die Beine steifbinden! Ich muß eine Geiselin haben! Auf mit der Dame, wenn sie auch nur ein Kadaver ist! *(er legt selber mit Hand an)*

Henker Herr, ich soll sagen: sie war mir ein Dorn im Auge. Da hab ich sie umgebracht. Ich soll sagen: sie hat mich geärgert. Da hab ich ihr nach dem Leben getrachtet. *(die Knechte lachen)*

Barbiano Laßt diesen Dummkopf! Ich schlag euch in Grund und Boden hinein, wenn ihr nicht tobt und sie aufstellt! Wenn ihr mich jetzt im Stich laßt. Sie muß ihn begrüßen. Sie muß mit ihm lächeln. Sie muß ein vollendetes Kunstwerk sein! Er muß uns die Stadt freigeben! Sein Leibarzt kann sie das Gehen lehren!

Bube *(ist wieder herbeigekommen und beteiligt sich auch bei der Sache)* Sie kann schon die Arme heben! Sie kann schon die Zunge blecken! Sie kann schon allein auf den Füßen stehen!

Henker Werft Euren fertigen Popanz die Treppe hinunter! Er hilft Euch nichts!

Barbiano Nägel her! Zimmermannsnägel her und eine Latte! Man muß ihr den Kopf aufstützen. Der Kopf hängt herunter! *(die Knechte lachen und rufen sich ›He, Hopp!‹ usw. zu)*

Henker *(mit immer erhabenerer Stimme, während die anderen rennen und werkeln)* Gebt einen Tritt Eurer Puppe! Gebt einen Stoß Eurem Schwindelkadaver! Er nützt Euch nichts! Er hilft Euch nichts mehr!

Barbiano Jetzt laß deine Zunge flattern, grünschopfeter Wicht! Wir sprechen uns noch!

Henker Gebt einen Tritt Eurem Haderbalg! Sie lachen Euch aus! Werft auf den Mist Eure Vogelscheuche! Sie nützt Euch nichts mehr! Sie haben die wirkliche Königin längst in den Händen!

Barbiano*(läßt die Puppe los. Sie stürzt um)* Die wirkliche Königin, sagst du? Was ist das für eine wirkliche Königin? Was sagst du mir da?

Henker Es gab eine zweite, Herr! Sie hat Euch verkauft und verraten! Die hat ihre Kleider vertauscht mit dieser da, die nicht mehr reden kann. Da wurde eine Komedy draus. Da ward Ihr verkauft und verraten. Da ward Ihr genarrt und gehenkt.

Barbiano Das hast du gewußt?

Henker Was geht es Euch an! Ich habe sie laufen lassen vor Stücker acht Tagen. Sie ist über Berg und Tal.

Barbiano Du hast mich betrogen? Du hast mich betrogen?

Henker Greift mich nicht an. Es ist zu nichts nutz. Es ist ein gefährlich Ding, mich anzugreifen. Es ist ein gefährliches Stück, mir nahe zu kommen. Seht mein Gewand, meinen spitzen Kopf! Ich hin ein Stück Teufel in Mannsgestalt. Da könnt Ihr nichts wollen. Ich bin ein Stück Teufel in eigner Person. Ich kann Euch erlösen und nicht erlösen. Ganz wie ich will. Ich habe ausgiebige Vollmacht. Ich habe Gott selber am Ohr geholt. Da seid Ihr ein Nichts dagegen!

Barbiano Du hast mich hereingelegt! Du hast mich betrogen, du Kreatur!

Henker Bleibt mir vom Leibe! Greift mich nicht an! Ich bin hinterlistig und tückisch! Wenn ich mich rühre, gibt es ein Unglück. Wenn ich Euch packe, geht Euch der Atem aus. Wenn ich die Hand ausstrecke, fällt einer zu Boden und rührt sich nicht mehr. Geht hinunter und rettet die Stadt!

Barbiano*(unheimlich berührt)* Weil du ein Kauz bist – her deine Hand! Wir sehen uns wieder! *(Will eilends gehen, wie er den Rücken kehrt, entreißt ihm der Henker das Schwert, spricht.)*

Henker Weg mit dem Teufel! Weg mit der Dirne! Weg mit der fräßigen Kindsbetterin! *(und erschlägt ihn)*

(Großer Tumult und Lärm von der Mauer her. Eine Anzahl fremder Ritter stürzt herein. Die Königin Margarete führt sie)

Ein Ritter*(ruft)* Hie Wimpflingen her! Hie Türen und Fallen! Hie sind wir im Nest! *(sie entdecken die Leiche der Roswitha und stürzen sich über sie)*

Henker*(steht ihnen gegenüber)* Hie Fallen und Türen. Hie seid ihr im Nest. Ich hab sie getötet! *(er streckt ihnen die Arme entgegen, als wären es Freunde)*

Damit fällt der Vorhang

Über tredition

Eigenes Buch veröffentlichen

tredition wurde 2006 in Hamburg gegründet und hat seither mehrere tausend Buchtitel veröffentlicht. Autoren veröffentlichen in wenigen leichten Schritten gedruckte Bücher, e-Books und audio-Books. tredition hat das Ziel, die beste und fairste Veröffentlichungsmöglichkeit für Autoren zu bieten.

tredition wurde mit der Erkenntnis gegründet, dass nur etwa jedes 200. bei Verlagen eingereichte Manuskript veröffentlicht wird. Dabei hat jedes Buch seinen Markt, also seine Leser. tredition sorgt dafür, dass für jedes Buch die Leserschaft auch erreicht wird.

Im einzigartigen Literatur-Netzwerk von tredition bieten zahlreiche Literatur-Partner (das sind Lektoren, Übersetzer, Hörbuchsprecher und Illustratoren) ihre Dienstleistung an, um Manuskripte zu verbessern oder die Vielfalt zu erhöhen. Autoren vereinbaren direkt mit den Literatur-Partnern die Konditionen ihrer Zusammenarbeit und partizipieren gemeinsam am Erfolg des Buches.

Das gesamte Verlagsprogramm von tredition ist bei allen stationären Buchhandlungen und Online-Buchhändlern wie z. B. Amazon erhältlich. e-Books stehen bei den führenden Online-Portalen (z. B. iBookstore von Apple oder Kindle von Amazon) zum Verkauf.

Einfach leicht ein Buch veröffentlichen: **www.tredition.de**

Eigene Buchreihe oder eigenen Verlag gründen

Seit 2009 bietet tredition sein Verlagskonzept auch als sogenanntes "White-Label" an. Das bedeutet, dass andere Unternehmen, Institutionen und Personen risikofrei und unkompliziert selbst zum Herausgeber von Büchern und Buchreihen unter eigener Marke werden können. tredition übernimmt dabei das komplette Herstellungs- und Distributionsrisiko.

Zahlreiche Zeitschriften-, Zeitungs- und Buchverlage, Universitäten, Forschungseinrichtungen u.v.m. nutzen diese Dienstleistung von tredition, um unter eigener Marke ohne Risiko Bücher zu verlegen.

Alle Informationen im Internet: **www.tredition.de/fuer-verlage**

tredition wurde mit mehreren Innovationspreisen ausgezeichnet, u. a. mit dem Webfuture Award und dem Innovationspreis der Buch Digitale.

tredition ist Mitglied im Börsenverein des Deutschen Buchhandels.

Dieses Werk elektronisch lesen

Dieses Werk ist Teil der Gutenberg-DE Edition DVD. Diese enthält das komplette Archiv des Projekt Gutenberg-DE. Die DVD ist im Internet erhältlich auf **http://gutenbergshop.abc.de**

Zeitfracht Medien GmbH
Ferdinand-Jühlke-Straße 7
99095 Erfurt, Deutschland
produktsicherheit@kolibri360.de